VOYAGE EN TERRITOIRE INCONNU

David Park

VOYAGE EN TERRITOIRE INCONNU

Roman

Traduit de l'anglais (Irlande du Nord)
par Cécile Arnaud

Quai Voltaire

COLLECTION QUAI VOLTAIRE

Ouvrage publié avec le soutien de Literature Ireland.

Titre original : *Travelling in a Strange Land.*

editionslatableronde.fr

À James et Sophie,

avec un amour paternel

« Le photographe doit posséder et garder en lui un peu de la réceptivité de l'enfant qui regarde le monde pour la première fois ou du voyageur qui arrive dans un pays étranger. »

Bill Brandt

JE pénètre en territoire gelé, bien que je ne puisse dire à quel pays il appartient. Parfois, je le vois comme d'un drone : en bas se déploie un relief enneigé de montagnes, de ravins et de lacs, de forêts qui s'élèvent soudain et effleurent mes yeux de leurs branchages blancs. D'autres fois, je suis enfoncé jusqu'aux genoux dans ses profondeurs, sans horizon visible, luttant pour poursuivre un voyage au but incertain, je ne sais ni d'où je viens, ni où je vais. Le monde est couvert, il étouffe lentement, comme les moutons prisonniers de hautes congères contre d'anciens murs de pierre, que je ne parviens pas à libérer. Tout est caché, même les secrets que je serre fort pour les empêcher de trouver la lumière ; le monde s'étend si loin à l'infini que je ne peux le réduire à un seul cadre, et si je plisse les yeux, c'est seulement pour me protéger des rafales de neige. Toute chose doit avoir un but et je dois découvrir le mien, ou alors céder aux exhortations de ce territoire gelé, m'abandonner à la fatigue et poser la tête sur son doux oreiller de neige. Les chasseurs de Bruegel sont fatigués eux aussi, lorsqu'ils rentrent à pas pesants au village après avoir arpenté la campagne désolée pour trouver de la nourriture, mais les gens qui folâtrent sur le lac gelé ne se précipitent pas pour les accueillir et n'ont aucune idée de ce qu'ils ont enduré. Le Revenant revient se venger du meurtrier de son fils.

Tout doit avoir un but. Alors, qu'est-ce qui m'amène à faire ce voyage ?

J'avance en trébuchant, aveuglé par la neige, je crains à chaque instant de tomber dans une faille béante ou de basculer de la paroi de l'à-pic, d'éprouver l'impact soudain du vide, agitant les mains à la recherche d'une prise à laquelle me raccrocher. Pour arrêter la chute sans fin. Puis me voici arrivé au bord du lac, ma vision s'est éclaircie, et je vois l'éboulis de glace trembler sous l'éclat du clair de lune et ses cristaux gelés refléter çà et là les étoiles. Des étoiles dont la froideur semble brûler des trous dans la nuit noire.

Il y a une maison là-bas, sur la rive opposée. Une maison éclairée. Dans la maison, un escalier que je sais devoir monter. Mais comment l'atteindre, sinon en traversant ce lac gelé ? Et qui me tiendra la main ? Qui me guidera désormais ? Je regarde derrière moi, mais n'entends que le bouillonnement du vent à travers les arbres, soufflant un panache de poudreuse et faisant frissonner le monde entier.

ENSEMBLE, nous retirons l'épaisse couche de neige amoncelée sur le pare-brise de la voiture. Elle est encore molle à la surface, signe qu'il a de nouveau neigé aux premières heures de la journée, mais quand nos mains gantées finissent par atteindre la vitre, elles trouvent une pellicule gelée que j'asperge de dégivrant. Avant d'ouvrir la portière et d'allumer le moteur pour envoyer de l'air chaud vers le pare-brise, je dégage autant que possible les vitres latérales et arrière, pendant que Lorna s'attaque au capot et au toit à l'aide de la longue balayette, jusqu'à ce qu'apparaisse lentement le métal gris. Notre haleine forme des phylactères opaques sur nos lèvres, bien que nous n'échangions pas une parole tandis que la lumière de l'aube commence à s'insinuer sous la surface de la neige et semble la faire palpiter. Aucune chaleur cependant pour réveiller la moindre forme de vie, et les champs silencieux autour de la maison ne portent que les empreintes nocturnes et zigzagantes de quelque créature désorientée en quête de nourriture.

Quand j'ouvre la portière, la serrure à demi gelée grince une complainte, et une petite gerbe de flocons tombe sur le siège du conducteur, mais en voulant les épousseter d'un revers de main, je ne réussis qu'à les transformer en taches sombres. Lorna s'installe sur le siège du passager, et nous nous retrouvons dans l'habitacle glacé comme dans un igloo, aveugles au monde ; l'espace d'une seconde, on s'y sent en sécurité, en apparence protégés de tout ce qui est tapi dehors.

« C'est de la folie, Tom. » Elle a presque crié pour se faire entendre par-dessus la soufflerie du chauffage.

« On n'a pas le choix.

— Les avions redécolleront peut-être demain. Je trouve ça trop dangereux, dit-elle en orientant le volet d'aération vers sa vitre.

— On ne peut pas le laisser là-bas. Il faut le ramener à la maison. »

Nous fixons le pare-brise. La partie la plus proche de l'aération se dégage en une bande qui va s'élargissant. Le bruit de la soufflerie gronde dans mes oreilles.

« Tu as branché le GPS ?

— Oui.

— Et tu n'as rien oublié ? demande-t-elle en jetant un coup d'œil à la banquette arrière. Je t'apporte les Thermos et les provisions dans une minute.

— Non, je crois que j'ai tout. »

Mentalement, je passe en revue le kit de survie amateur que nous avons rassemblé la veille au soir – pelle, sac de couchage, vêtements chauds, torche, pile de CD ; mon appareil photo est là, bien sûr, comme toujours. Dans le coffre, un jerrycan en plastique d'essence et, pour une raison étrange que je ne cherche pas à comprendre, le tipi en toile marron de Lilly, notre fille de dix ans, orné de chevaux, de lunes et d'étoiles peints. Elle a insisté, même quand je lui ai dit que l'air passait au travers, et je n'ai pas eu le courage d'argumenter davantage. Son bonhomme de neige monte toujours la garde dans le jardin de devant, pareil à un veilleur de nuit.

« Tu m'appelles, dit Lorna pour la quatrième fois au moins. Tu as pris le chargeur du téléphone ? »

Je hoche la tête, alors qu'une nouvelle portion du pare-brise se dégage.

« C'est quand ça veut, dis-je, approchant la tête de la vitre comme si mon haleine pouvait accélérer le processus.

— Le bateau part à quelle heure ?

— Sept heures et demie. J'ai largement le temps. » Puis j'ajoute : « Si tout va bien », parce que, avec des chutes de neige sans précédent et le pays entier à l'arrêt, plus rien ne paraît certain, et pas seulement le rapport entre le temps et la distance : tout ce qui constituait le monde tel que nous nous le figurions semble avoir été brutalement désynchronisé.

Un petit trou apparaît sur la vitre. Si j'étais seul j'y collerais l'œil pour observer la lumière laiteuse à travers ce mini-objectif. C'est ce que je fais toute la journée, c'est comme ça que je regarde le monde. La glace se détend et ramollit tout autour. La lumière s'infiltre dans l'habitacle. Ces derniers temps, il y a eu des jours où j'ai cru n'être guère plus qu'un sténopé, espérant que l'image du monde finisse par prendre une forme permanente plutôt que ce flux vacillant et imprévisible que je sens en moi. Impatient, j'actionne les essuie-glaces ; au début il ne se passe rien, puis ils frémissent à contrecœur, avant de balayer la vitre à toute allure.

« Et tu fais attention. Tu conduis prudemment », dit-elle, tournant le visage vers moi.

Elle a les joues rougies après ses efforts pour retirer la neige, et une petite mèche de cheveux s'échappe de sous son bonnet de laine.

« Je ferai très attention. Je prendrai le temps qu'il faut pour arriver sans encombre et je le ramènerai chez nous.

— On ne peut pas courir le risque de le laisser seul là-bas à Noël, surtout cette année, dit-elle, et je sais qu'elle s'adresse autant à elle-même qu'à moi. Déjà en temps normal, mais si en plus il est malade… on doit le ramener à la maison.

— On doit le ramener à la maison », dis-je en écho, et dans la voiture couverte de glace, les mots, n'ayant nulle part où aller, restent en suspension jusqu'à se figer en un silence.

Notre fils Luke est coincé à Sunderland à trois jours de Noël, et l'aéroport de Newcastle est fermé. Il est à l'université et vit dans une grande maison edwardienne décrépite, pleine de coins et de recoins, avec cinq autres étudiants qui ont tous fichu le camp pour les vacances. Il est seul et il est malade. Au téléphone, ce dont il souffre n'était pas très clair, mais il a de la fièvre et des symptômes suggérant une grippe. Deux fois, il est sorti de son lit et s'est traîné jusqu'à l'aéroport, pour découvrir que son vol avait été annulé. Les suivants sont complets, et sa mère s'est torturée en transformant les descriptions téléphoniques confuses en quelque chose de plus grave que la grippe. Ça pourrait être une pneumonie ou, la plus terrible des hypothèses, une méningite. Et bien qu'elle ait fait des recherches sur Internet puis l'ait soumis à une séance de questions-réponses sur ses symptômes, il n'y a pas moyen de la rassurer. C'est peut-être compréhensible, sachant qu'elle aussi doit vivre avec son idée de la faillibilité de la chair. Raison de plus pour le ramener à la maison, parce qu'il faut qu'il soit avec nous à cette période de l'année, et non pas au loin dans un monde d'étrangers.

Le pare-brise est presque dégagé. D'instinct, j'ai envie de projeter de l'eau sur les fragments de glace restants, mais je sais qu'elle va givrer. Nous nous regardons ; Lorna pose la main sur mon bras puis me dit que je suis un bon père. Jamais je ne prétendrais l'être, mais je pense que si je ramène notre fils à la maison, ça pourrait m'aider un peu dans ma tête – voire faire pencher la balance, ne serait-ce que temporairement, en ma faveur.

« Il faut que j'y aille.

— Je vais chercher la nourriture et les Thermos », dit-elle. Lorsqu'elle ouvre la portière, une petite couture de neige se défait à l'intérieur de la voiture. Je regarde Lorna marcher à pas lourds jusqu'à la porte de la cuisine, et soudain elle me paraît frêle dans ma veste de randonneur trop grande pour elle de plusieurs tailles. Elle la porte par-dessus son pyjama, dont le bas rose déborde de ses bottes. Après mon départ, elle retournera au lit, où j'espère lui avoir laissé un peu de chaleur. J'étudie la pile de CD, sans réussir à décider avec lequel entamer le voyage.

À son retour, je me retiens de sourire en voyant qu'elle a tout mis dans la glacière réservée d'habitude aux pique-niques estivaux. Elle la pose sur le siège du passager, l'attache avec la ceinture puis retire le couvercle, révélant assez de provisions pour parer à n'importe quelle urgence.

«J'ai mis la Thermos de café au-dessus avec les sandwichs, et là il y a le Fervex et de l'aspirine», dit-elle, me tendant une pochette en plastique récupérée au contrôle de sécurité à l'aéroport, qu'elle a remplie de tout ce que la maison compte de médicaments. «Garde ceux-là à part et, quand tu seras avec lui, assure-toi qu'il les prenne. Il faut faire baisser sa température.» Puis elle tend la main en travers du siège et je la presse doucement, avant qu'elle referme la portière et que j'allume le moteur.

C'est une Toyota RAV4 qui ne nous a jamais lâchés, pas une panne au fil des cent vingt-huit mille kilomètres indiqués au compteur, mais je prête malgré tout l'oreille au cas où ce serait la première fois. Même si elle n'a pas bougé depuis trois jours, j'ai fait tourner le moteur tous les matins, et je la félicite d'une petite tape sur le volant lorsqu'elle démarre. Hier, nous avons déneigé l'allée en courbe jusqu'au portail; bordée par des talus de neige, elle ressemble à une chicane. En tournant le volant, c'est ma propre colonne vertébrale que je sens grincer, et je comprends pourquoi on fait tant de crises cardiaques après avoir pelleté de la neige. Les nouvelles précipitations ont été plus légères que les précédentes et je ne m'inquiète pas, mais j'y vais doucement, restant en seconde, tâtant le terrain. Une fois à la route, je marque une pause pour m'assurer que la voie est libre et faire un dernier inventaire de tout ce dont j'ai besoin; je palpe la poche intérieure où est rangé le billet imprimé pour la traversée en bateau, puis pose mon portable dans le porte-gobelet à côté du frein à main. À voir la neige immaculée, je sais que ma voiture sera la première à emprunter notre petite route, dont les haies hérissées sont momentanément adoucies et se parent de paillettes de givre dans la lumière naissante.

Je tourne à gauche et m'engage dans la côte – bien qu'elle ne soit pas très raide, les roues patinent et je ne suis encore qu'au milieu quand la voiture se met à chasser. Je tire le frein à main, mais sachant que je n'arriverai pas en haut, je le relâche avec précaution et laisse la voiture reculer en douceur jusqu'à notre portail. Heureusement que Lorna est rentrée et n'a pas vu ce qui vient de se produire. Un fin ruisselet d'eau coule toujours du champ derrière la maison et le long de la pente en une étroite rigole, qui certains matins d'hiver se transforme en glace noire. Si je veux que les pneus adhèrent, je dois rester au milieu de la chaussée. Pour une fois, je regrette qu'un lourd véhicule d'une des fermes voisines ne l'ait pas parcourue à vive allure en traçant une piste, mais la neige ne témoigne que de ma première tentative ratée. À la deuxième, j'atteins presque le sommet, mais quand j'appuie d'instinct sur l'accélérateur pour m'assurer de franchir les derniers mètres, la voiture se place soudain en biais et, malgré toutes mes initiatives, glisse lentement dans la pente, orientée à un angle bizarre par rapport au monde. Tout est de travers, rien n'est à la bonne place, et je suis impuissant à modifier sa trajectoire. J'ai beau tourner le volant et appuyer désespérément sur le frein, je ne fais qu'exacerber le mouvement, puis vient une étrange fraction de seconde de calme, de lucidité presque bienvenue où l'on reconnaît que le monde est en réalité ainsi, comme on l'a toujours soupçonné, et qu'il n'y a rien à faire hormis attendre de voir ce qui se passe.

La voiture termine sa course en diagonale au bas de la pente, face au portail par lequel elle vient de sortir, comme si elle admettait déjà son échec et cherchait à retourner à sa place de stationnement chez nous. Ça ne présage rien de bon pour le voyage, et j'envisage d'y renoncer avant même qu'il ait commencé, mais je pense à notre fils et sais que je ne peux pas lui faire faux bond, rentrer dans la maison cinq minutes après en être sorti, comme si j'abandonnais sans avoir vraiment essayé. Je m'appuie sur le volant, le dos voûté, puis comprends que je ne réussirai pas à gravir cette côte sans prendre de l'élan. Le demi-tour n'est pas facile parce qu'il y a peu d'espace ; je bute contre la haie en reculant et regarde dans le rétroviseur une mini-avalanche de neige tomber en cascade le long de la vitre arrière. Je finis tout de même par y arriver et je pars dans la direction opposée à celle où je veux aller, roulant sur la portion de route plate jusqu'à l'entrée d'une maison voisine où je peux de nouveau tourner. Je passe la seconde, prends plus de vitesse que je n'ai pu le faire jusqu'ici et j'attaque la côte à une allure régulière, sans toucher au frein. J'ai réussi, et le reste de la route qui m'emmène à la nationale ne devrait pas poser de problème si je fais attention. Il y a d'autres bonshommes de neige dans les jardins et, tout à l'euphorie du premier obstacle franchi, j'ai l'impression, pendant une seconde, qu'ils forment une haie d'honneur et me souhaitent bonne chance, leurs yeux noir charbon braqués sur moi. J'allume la radio pour écouter le bulletin météo. La voix annonce de nouvelles chutes de neige, mais dans le sud de l'Angleterre cette fois, et conclut en conseillant d'éviter tout voyage non indispensable.

Il n'y a pas de voyage plus indispensable que de ramener son fils à la maison, informé-je la voix, de ramener son fils malade à la maison pour Noël, et quand j'atteins la nationale et la trouve déneigée et sablée, je donne une nouvelle petite tape sur le volant, bascule l'autoradio sur le premier CD, en me disant que les fantômes ne laissent pas d'empreintes dans la neige.

La musique tient une place importante dans notre foyer, et son absence au cours des derniers mois a été un mauvais signe parmi d'autres. Ça me fait plaisir de pouvoir en écouter dans l'intimité de la voiture sans me sentir coupable. Lorna adore la Motown et les chanteuses comme Dusty Springfield et Adele. Et la musique a constitué l'un des terrains où Luke et moi avons pu nous rejoindre. Nous sommes même allés ensemble à deux concerts – Neil Young à Dublin et The Gaslight Anthem au Limelight. Je me sentais un peu vieux au Limelight, mais la musique était bonne, personne ne semblait gêné par ma présence, ni ne m'a donné l'impression que je n'étais pas à ma place. J'ai avec moi la musique que j'ai choisie pour les longues heures qui m'attendent – Robert Wyatt, Van Morrison, REM, John Martyn, Nick Cave.

J'ai aussi le disque des Great Lake Swimmers que

Luke m'a offert pour mon anniversaire. J'ai pris soin d'emporter certains CD qu'il aime également et que nous pourrons passer au retour – Ash, The Smiths, The National, *On the Beach*, de Neil Young. Luke a toujours joué de la guitare ; au lycée, il avait formé un petit groupe très actif jusqu'à ce que chacun parte de son côté à l'université.

Comme il est tôt et que ce sont les vacances, il y a peu de circulation sur les routes, et j'ai bien roulé. La ville, à mon arrivée, paraît encore assoupie, pas tout à fait prête à affronter la journée ou à repousser la couverture de glace qui s'est déposée au cours de la nuit. Les décorations de Noël ne sont pas encore allumées, et la neige est seulement colorée par les phares des quelques voitures que je croise et par les halls éclairés des immeubles où les travailleurs de l'aube sont déjà à pied d'œuvre. Belfast ressemble à un de ses sans-abri endormis, recroquevillés à cause du froid sous des couches de vêtements d'emprunt.

Sur les docks, j'ai du mal à croire que le bateau puisse contenir le nombre de camions qui embarquent. L'un après l'autre ils disparaissent dans les entrailles de la cale ; l'air brûle et s'affole un instant sous l'effet de leurs gaz d'échappement. Un routier retardataire court vers sa cabine, un journal sous le bras et un gobelet de thé ou de café dans l'autre main, il se hisse à l'intérieur et démarre son moteur à grand bruit, après avoir flanqué le journal plié contre le pare-brise. Je me rends compte que ces voyages font partie d'un rituel commercial quotidien auquel je ne connais rien, et j'éprouve presque le sentiment d'être un intrus pendant que je fais la queue.

En plus des voitures et des camions, il y a une longue file de passagers piétons dont je suppose qu'ils repartent chez eux par bateau et en train, puisqu'ils ne peuvent plus compter sur les aéroports. Ils retournent dans leur famille. Je me demande comment tout le monde va réussir à monter, si mon billet me garantit vraiment une place, ou si c'est comme ces compagnies aériennes qui pratiquent le surbooking en misant sur la défection d'un certain nombre de voyageurs. Mais bientôt je m'engage sur la rampe, rejoins la place de stationnement qu'on m'indique, et quand je sors, je sens cette odeur reconnaissable sur-le-champ – mélange de gas-oil, de métal corrodé par l'eau de mer et d'un autre ingrédient que je n'identifie pas. La plupart des voitures entre lesquelles je me faufile sont encore couvertes de neige, et sur certaines banquettes arrière, je vois des sacs de cadeaux dans leurs emballages de Noël. À la suite d'autres conducteurs, je monte les marches et me dirige vers un des salons.

Je me souviens d'avoir fait la traversée, enfant, à une époque où l'on avait l'impression d'être sur un navire à bestiaux. Aujourd'hui, le ferry offre un certain luxe et du confort avec ses magasins et restaurants, ses sièges rembourrés au lieu du plastique déchiré et des bancs durs. Il y a même un sapin et des chants de Noël en musique d'ambiance. Des membres du personnel me souhaitent la bienvenue comme si je venais de pousser la porte d'un hôtel, tandis que des odeurs de nourriture et de café remplacent les précédentes. Et déjà le salon se remplit de gens qui utilisent leurs bagages pour marquer leur territoire ; une boisson chaude dans une main et un portable dans l'autre, ils informent leur correspondant qu'ils sont sur le bateau, qu'ils rentrent à la maison. J'envoie un texto à Lorna pour la prévenir que j'ai réussi et que les routes n'étaient pas trop mauvaises.

La jeune femme assise sur le siège voisin du mien me demande de surveiller son sac le temps qu'elle aille s'acheter à manger. Quand elle revient avec un sandwich et un café, je lui raconte que je vais à Sunderland chercher mon fils pour le ramener chez nous. Je l'ai déjà dit à la femme dans la guérite du parking qui vérifiait mon billet. Ça me réconforte peut-être de jouer les héros ; étant donné que je passe ma vie à photographier des choses qui ne m'intéressent guère, j'ai peu d'occasions de me sentir héroïque. Parce que je fais surtout les mariages – des photos, mais jamais de vidéos, quelle que soit la somme qu'on me propose –, des portraits de famille, des anniversaires importants, des bals de promo, parfois des commandes pour des entreprises si j'ai de la veine, et tous les boulots qui se présentent.

« Il fait ses études à l'université de Sunderland et il est malade, lui dis-je. L'aéroport est fermé. Sa mère m'a envoyé le chercher.

— Il étudie quoi à la fac ? me demande-t-elle avec son accent écossais.

— La production cinéma et audiovisuelle.

— Moi aussi, je suis passée par là.

— Vous étiez à Sunderland ?

— Non, chez moi, à Glasgow. C'est là que je vais. En espérant que les trains roulent encore.

— Je vous déposerais si j'allais dans cette direction, dis-je, mais je vais à Sunderland. » Puis j'ai peur d'être trop familier et qu'elle se méprenne sur mes intentions. Elle répond à un texto et je fais semblant de consulter mon propre téléphone.

« Qu'est-ce qu'il a, votre fils ?

— On n'en est pas très sûrs, mais ça ressemble à une grippe. Vous visitiez l'Irlande du Nord ?

— Je travaille sur *Game of Thrones.*

— Ça doit être passionnant », dis-je. Je n'ai jamais vu la série, mais comme tout le monde je sais qu'elle est très populaire, même si je me souviens d'avoir entendu quelqu'un la résumer à « des nichons et des dragons ».

« Il y a des moments forts.

— Mon fils la regarde. Quoique sans doute de manière illégale. Il regarde presque tout en streaming.

— Il n'est pas le seul.

— J'ai bien ri en apprenant que la mairie avait peint des lignes blanches sur la vieille route des Dark Hedges[1].

— Ils ont dû les retirer au chalumeau, mais on voit encore les marques.

— Et comment sont les acteurs ?

— Très sympas pour la plupart. Mais certains peuvent être chiants. Exigeants. Jamais contents.

— Et que faites-vous ?

— Je suis assistante de production », répond-elle. Comme elle reporte son attention sur son téléphone, je sens que la conversation est terminée et je ne lui demande pas en quoi ça consiste, même si

1. Célèbre route bordée de hêtres dans le comté d'Antrim, en Irlande du Nord, ayant servi de lieu de tournage à la série *Game of Thrones. (Toutes les notes sont de la traductrice.)*

cette rencontre me fournira un sujet de conversation avec Luke pendant le trajet du retour. J'aimerais bien pouvoir lui poser quelques questions sur la façon dont elle a démarré dans le métier.

Le bateau appareille et je regarde notre progression par le hublot. La mer est calme, en apparence indifférente aux caprices de la météo, mais le littoral enneigé qui s'étend de chaque côté, tels deux bras tendus nous guidant vers le large, m'offre une perspective inédite, et je regrette d'avoir laissé mon appareil photo dans la voiture. Après la diffusion de quelques annonces de sécurité, les chants de Noël reprennent. Je pense à Lorna tentant de retrouver de la chaleur dans notre lit, à Lilly, endormie sous son poster du *Bon Gros Géant*, à Luke au loin, seul dans une maison vide. Et tout me paraît soudain d'une intense étrangeté, alors que le présent glisse dans l'espace silencieux où mémoire et conscience se coulent l'une dans l'autre pour créer quelque chose de nouveau. Pendant quelques secondes, je pense à tous ceux qui ont fait cette traversée ; les passagers autour de moi cèdent la place à un collage muet des visages flous de leurs prédécesseurs, dont beaucoup partaient en quête d'une nouvelle vie dans des villes qui, espéraient-ils, leur offriraient un meilleur avenir. À toutes les femmes, le ventre gros de chagrin, obligées d'aller chercher de l'aide loin de chez elles et de leur famille. J'essaie de cligner des yeux pour les chasser, mais à cet instant, j'aperçois un jeune homme à l'autre bout de la salle, juste avant qu'il ne disparaisse, et je crois reconnaître Daniel.

Je ne suis pas surpris qu'il soit sur le bateau puisque je le vois dans de nombreux endroits, toujours de manière furtive et jamais assez longtemps pour pouvoir lever la main et l'appeler.

Certaines fois, il est au bout d'une rangée de garçons d'honneur, endimanchés dans leur costume de location et tentant d'avoir l'air de sortir de *Reservoir Dogs.* D'autres fois, je le repère du coin de l'œil quand je conduis ; ou alors, il est là juste avant que je m'endorme, mais toujours à distance, et je me demande si je dois me lever pour vérifier que la porte n'est pas verrouillée, afin qu'il puisse rentrer dans la maison s'il le souhaite. Je crois savoir pourquoi je le vois dans la rangée des garçons d'honneur : un jour où on prenait des photos panoramiques dans son école, son copain Robbie et lui ont quitté leur place au bout du rang pour courir se mettre à l'autre extrémité, si bien qu'ils apparaissent deux fois sur le cliché. Ça n'a pas amusé le directeur, qui lui a collé sa première exclusion. Une exclusion pour avoir fait le pitre. Sans doute la meilleure et la moins méritée. J'entends les tintements et gémissements d'une machine à sous. Nous nous dirigeons lentement vers le large.

Je somnole un peu – tous ces efforts pour dégager la neige, et le départ à l'aube. À mon réveil, la jeune femme est partie : j'espère que je ne lui ai pas ronflé dans les oreilles, ou qu'elle n'a pas cru que j'essayais de la draguer. La traversée ne durera que deux heures, et je suis déjà engourdi ; je sais pourtant que je dois garder l'esprit clair pour conduire, si bien que je sors et monte sur le pont supérieur, comptant sur l'air matinal pour me donner un coup de fouet. Un groupe de fumeurs, dont certains ont remonté la capuche de leur parka, est accoudé à une rambarde dans la zone dédiée. Je vois ma jeune voisine de tout à l'heure. Le vent fait voler ses cheveux, qu'elle doit repousser de son visage. Le sillage du bateau bouillonne et mousse en formant un V, presque comme si nous barattions de la neige, mais la mer qui s'étend au-delà semble figée dans une torpeur grise. Rien ne se prête à une photo, même si j'avais mon appareil; pourtant plein de gens prennent des selfies, seuls ou en couple. L'appareil photo des téléphones, les progrès permanents de la technologie et tout ce qui s'ensuivra, voilà ce qui détruira les emplois des gens comme moi. Bientôt, toutes les photos événementielles seront réalisées ainsi, sans recours à des professionnels. Ça me donne parfois l'impression d'être le dernier d'une espèce en voie de disparition. Le dernier des Mohicans, prenant des photos avec un véritable appareil, et c'est encore pire de savoir que, aussi performante que soit la technologie utilisée, ces autoportraits sont pour la plupart sans valeur, dépourvus de ce qui fait une photo authentique – résultat de choix créatifs réfléchis et d'un regard singulier. À mes yeux, elles ne sont guère plus que de la complaisance, des expressions de la vanité humaine, dénuées de la dignité que peut leur conférer le bon photographe. Mais Lilly a peut-être raison : je ne suis peut-être qu'un « rabat-joie », comme elle dit, et je râle contre ce qui n'est qu'un plaisir inoffensif.

Nous suivons le sentier de la falaise à Portstewart. Pour fatiguer les garçons, même s'il faisait froid ce jour-là aussi, presque autant que maintenant. Luke est dans sa phase de questions permanentes.

« Pourquoi ça s'appelle la côte ?

— Parce que c'est au bord de la mer
— Mais pourquoi ça s'appelle la côte ?
— Qu'est-ce que tu veux dire, Luke ?
— Pourquoi ça s'appelle la côte, alors que ça ne monte pas ? »

Il lève les yeux vers moi. La glace au chocolat qu'il a mangée chez Morelli a laissé des petites traces marron aux commissures de ses lèvres. Je n'ai plus les réponses à la plupart de ses questions, et je me contente souvent de dire « Je ne sais pas » ou « Parce que c'est comme ça ». Les pères devraient connaître les réponses aux questions posées par leurs jeunes fils, mais les siennes viennent d'une autre planète, si éloignée dans l'espace qu'elle ne fait même pas partie du système solaire. Pour détourner son attention, je dis « Regarde, un pêcheur ». Mais l'information ne contenant aucune révélation, ni aucun éclaircissement, il l'ignore et se concentre sur le caillou qu'il balance d'un coup de pied sur les rochers en contrebas. « Tu vas abîmer tes chaussures », dis-je, ce qui nous permet de nous sentir de nouveau père et fils.

Je l'imagine dans cette maison inconnue, une maison aux pièces vides, et je songe à quel point il doit s'y sentir mal. Tout le monde parti, tous les bruits habituels de la vie étudiante réduits à un silence, comme si les chutes de neige les avaient étouffés et qu'à la place ne restaient que ceux de la bâtisse reprenant ses droits, avec ses étirements et ses tensions inexplicables, le silence de la neige qui pèse sur le toit. De tout le poids froid de la solitude.

Des voix qui passent dans la rue. Les coups de

fil de sa mère. Des visites incessantes au site Internet de l'aéroport pour voir si les avions décollent. Son sac de voyage prêt au pied du lit. Et tout est momentanément suspendu : son vol de retour, sa santé, ce qu'il veut faire de sa vie. Que veut-il faire de sa vie ? Réaliser des films, on dirait l'expression d'un vœu dans la série l'*Île fantastique*, mais avec un peu de chance il trouvera peut-être un rôle dans une entreprise offrant davantage que des contrats courts et des tâches subalternes. Nous étions si contents qu'il veuille aller à l'université que nous n'avons pas essayé d'interférer dans son choix de filière en nous disant, en guise d'excuse, qu'il était important qu'il étudie quelque chose qui l'intéresse.

Des mouettes planent à proximité du bateau, en apesanteur sur les courants. Luke n'a jamais paru se laisser entraver par quoi que ce soit, il prend tout comme ça vient et demeure curieusement indifférent à toute forme de pression que l'école ou nous pourrions tenter d'exercer. Mais c'est peut-être une bonne chose. De ne pas être trop passionné, obnubilé par une quête si son objet semble toujours hors d'atteinte. De ne pas avoir de trou à l'intérieur, de vide à combler. Heureux et en bonne santé, c'est tout ce qui compte, voilà ce que nous nous sommes dit, et je continue de penser que nous avions raison. Je regarde de nouveau les mouettes. Nous lui offrons un drone pour Noël – pas un modèle hors de prix, rien de plus qu'un jouet, en réalité. Mais tout de même pourvu d'une caméra intégrée, de sorte qu'il pourra filmer des choses. Nous avons même acheté des piles supplémentaires.

Je ne la vois pas approcher. Elle a les cheveux

ébouriffés, fouettés par le vent. Je sens l'odeur de sa cigarette.

« On étouffe à l'intérieur, dit-elle, et je remarque pour la première fois que ses yeux ont la couleur gris-vert de la mer.

— Il fait froid, dis-je.

— Quand on fume, on s'y habitue. Nous sommes les nouveaux parias. Les exilés. Quand on a de la chance, il y a un chauffage extérieur.

— Mais pas ici.

— C'est comment, Sunderland ?

— Franchement ? »

Elle hoche la tête et déplace un peu ses pieds alors que le bateau paraît tanguer un instant sans raison apparente.

« Certains quartiers ne sont pas désagréables, mais d'autres endroits ressemblent à Belfast un mauvais jour d'une mauvaise année.

— J'aime bien Belfast. Globalement.

— Moi aussi, maintenant, je l'aime bien, mais le Belfast que vous aimez n'a pas grand-chose à voir avec celui de mon enfance – tant mieux, d'ailleurs. Ce n'est pas un des producteurs de *Game of Thrones* qui l'a débiné ?

— Il a déclaré que ce n'était pas la ville la plus cosmopolite où passer la moitié de l'année. » Elle rit, puis ajoute : « Il a dû faire marche arrière et présenter ses plus plates excuses.

— On ne doit jamais s'excuser de dire la vérité. » Mes mots sont sortis tout seuls, donnant un peu l'impression que je me prends pour son père. Un silence s'instaure durant lequel nous regardons tous les deux vers le large, puis je reprends : « Je voulais vous demander comment on débutait dans ce métier, des conseils pour mon fils.

— Si j'étais honnête, je lui conseillerais de faire autre chose. Un job qui lui assurera un salaire décent et des perspectives.

— Mais vous, vous avez réussi, non ?

— Sur *Game of Thrones*, je ne suis qu'assistante de plateau.

— Et que fait l'assistante de plateau ?

— Elle assiste. » Une réponse toute faite, on dirait. « Court à droite, à gauche. Obéit aux ordres. Fait tout ce que les autres ne veulent pas faire. Prépare beaucoup de thé, transporte beaucoup de choses d'un point à un autre.

— C'est un début. Qui débouchera peut-être sur de nouvelles opportunités. Et ça doit être fascinant de voir les acteurs et le... » Je cherche le mot puis dis : « ... l'action.

— Parfois, mais on n'est pas dans le premier cercle. Il y a un tas de règles qu'on s'engage à respecter, et si on a le malheur d'en violer une, le ciel nous tombe sur la tête.

— Ou on vous donne en pâture au dragon.

— C'est à peu près ça », dit-elle. Puis elle me souhaite bonne chance pour mon voyage de retour avec mon fils et je n'ai que le temps de la remercier avant qu'elle se retourne et s'éloigne. C'est la dernière fois que je la vois. Après coup, je me dis que si je connaissais son nom, je pourrais le chercher au générique.

Leurs cadeaux sont dans le salon – nous n'avons jamais pris le risque de les mettre dans leurs chambres parce qu'ils n'auraient jamais pu faire une nuit complète et qu'ils auraient commencé à les ouvrir sans nous, nous privant du plaisir de voir l'excitation sur leurs visages, et parce que Lorna compte sur moi pour prendre quelques photos au moment où ils se mettent à déchirer les emballages en hurlant comme des fous. Mais évidemment, ils se réveillent tôt et ils crient de leurs chambres pour savoir si c'est l'heure, et nous leur répondons non, rendormez-vous, mais c'est peine perdue, si bien qu'avant même le lever du jour, nous renonçons à dormir et les appelons. Ils se hissent et sautent sur le lit, puis s'allongent à contrecœur et endurent les étreintes parentales comme s'il s'agissait de camisoles de force. Après quoi, selon le scénario habituel, nous entamons notre petit numéro de duettistes.

« Alors, maman, crois-tu que le père Noël soit passé ?

— Quelqu'un a entendu quelque chose cette nuit ?

— J'ai cru entendre du bruit sur le toit, dit Luke.

— Sans doute le pigeon qui a fait son nid pas loin et qui rend votre mère folle avec ses roucoulements.

— Si j'avais un fusil, je lui réglerais son compte, dit Lorna.

— Ce serait cruel.

— Pas autant que de réveiller vos parents à l'aube.

— On peut aller voir, maintenant ? S'il vous plaît, s'il vous plaît, s'il vous plaît.

— Bientôt, très bientôt, dis-je, et je pose une main légère sur ses yeux. Pourquoi vous ne faites pas un petit somme tous les deux, sinon vous tomberez de fatigue avant la fin de la journée ?

— Non, non, s'écrient-ils, et ils gigotent tellement que la couette glisse du lit.

— D'accord, d'accord. Du calme. Mais d'abord, une question importante. Est-ce que vous avez été sages tous les deux ? »

Ils répondent oui sans la moindre hésitation ; je regarde Lorna et lui demande ce qu'elle en pense. Elle réfléchit un instant, le doigt posé sur les lèvres d'un air exagérément pénétré, les laissant mariner.

« Voyons voir, je crois que la réponse est... oui ! Maintenant, filez mettre vos robes de chambre et vos chaussons puis revenez ici le temps que votre père allume quelques lumières dans le salon et monte le chauffage. »

J'enfile moi aussi ma robe de chambre et des chaussons, je prends l'appareil photo dont j'ai rechargé la batterie durant la nuit et vais dans la cuisine où flotte encore l'odeur des préparatifs du repas que nous partagerons. Le chauffage se met en route sans enthousiasme, et j'entre dans le salon, allume les lumières du sapin de Noël et les éclairages des tableaux pour avoir une lumière douce. Sous l'arbre, il y a les sacs de Noël contenant les babioles – bonbons, avions en balsa, jeux de cartes, chaussettes de foot, protège-tibias, pièces en chocolat, mini-torches. Les plus gros cadeaux sont disposés de part et d'autre du canapé. Lorna est douée pour faire les paquets, et les piles ressemblent à des petites pyramides avec les plus grands en dessous.

« Ça y est, on peut entrer ? s'écrient-ils. On peut entrer ?

— Encore une seconde et je vous appelle. »

Et chaque année, je photographie cet instant parfait avant qu'il ne vole en éclats.

On se croirait au départ d'une course. Nous avons tous le pied sur l'accélérateur, prêts à partir. Il n'y a pas tant de voitures que ça à bord, comparé au nombre de camions. Carlisle se trouve à un peu plus de cent soixante kilomètres, et dans des conditions normales, cette partie du trajet devrait prendre environ deux heures. J'ai déjà fait le voyage trois fois. D'abord avec Lorna, quand nous avons emmené Luke pour sa rentrée en première année, dans la voiture chargée de tout le nécessaire à sa survie en résidence universitaire, puis à la fin de la première année, quand j'ai rapporté toutes ses affaires puisqu'il devait quitter la résidence, et enfin au début de la deuxième année, pour le remmener avec tout son barda. Le trajet ne m'est donc pas inconnu, mais au sortir du port, la neige a tout transformé et les endroits dont j'ai gardé le souvenir sont complètement effacés.

Tournez à droite sur London Road. Puis restez sur l'A75. La route pour quitter Stranraer est bien meilleure qu'elle ne l'était il y a quelques décennies. Mais les gros tas de neige amoncelés de chaque côté la rendent plus étroite, et la chaussée a beau avoir été dégagée, elle paraît encore luisante de danger. Roulant lentement, penché sur le volant, j'essaie de vider mon esprit de tout ce qui n'est pas la musique et d'éprouver la familiarité rassurante de la mécanique, de ce qui obéit à tout ce que je demande.

C'est une voix de femme qui donne les directions. J'ai l'habitude des voix de femmes. Il arrive qu'elles aient envie de parler. Besoin d'exprimer certaines choses avant de remonter l'allée centrale.

« Et si je faisais une erreur ? » demande-t-elle, les mains tendues pour laisser sécher son vernis à ongles, en me regardant comme si je détenais la réponse.

Je lui dis : « Il n'y a que vous qui puissiez le savoir », parce que j'ai déjà eu cette conversation et que ça me semble la meilleure réponse.

La maquilleuse est partie et nous sommes seuls tous les deux. Je me retrouve de plus en plus souvent dans des situations de ce genre parce que les temps ont changé et que plus personne ne veut de photos guindées et cérémonieuses. On veut des clichés originaux et arty, des images de l'heureux couple et de la joyeuse belle-famille. La mode est aux photos prises ailleurs que sur les marches de l'église ou dans des jardins d'hôtel. Je dois donc me tenir prêt à les immortaliser sur des plages, dans des ruines de châteaux, voire dans une grange, comme c'est arrivé une fois. Sur la dernière photo de cette série, la fiancée était montée sur un cheval, et le fiancé tenait la bride, comme on guide le jockey victorieux. C'est l'heureux couple qui décide. Je me plie à leur désir. Sauf que maintenant, je ne suis plus sûr que ça existe, un heureux couple.

« C'est normal que vous soyez nerveuse », lui dis-je. Je prends une photo des chaussures qu'elle n'a pas encore enfilées, puis je dispose la paire d'un blanc étincelant, qu'on dirait en sucre glace, ainsi que son petit bouquet de roses sur un coussin pour en prendre une autre. Elle est assise à sa coiffeuse et se regarde dans le miroir. Si je réussis à rester en dehors du cadre, je peux la saisir en train de contempler son reflet. Sa mère lui crie de se dépêcher. Elle se fait face dans la glace, les mains tendues, et je me demande si elle s'invite à aller vers ce qui l'attend ou si elle retarde le moment.

« Je l'ai connu sur un site de rencontres », dit-elle, et l'espace d'une seconde, alors que je lui jette un coup d'œil, ses mains tendues lui donnent l'air d'être une somnambule. Une somnambule aux yeux ouverts.

« C'est très courant aujourd'hui », dis-je. Je sais que ça ne présage rien de bon, mais il me traverse l'esprit que si elle se dérobe maintenant, j'aurai peu de chances d'être payé. Un mariage annulé ne laisse que du chaos dans son sillage. « Un endroit comme un autre », lui dis-je. Puis j'ajoute : « Et voilà le soleil », en allant me placer à la fenêtre de la chambre. La voiture des mariés est garée en bas, au bord du trottoir, la lumière plongeant dans sa noirceur lustrée. Sa mère l'appelle encore. « Une seconde. Je prends une dernière photo de vous assise là. Vous êtes magnifique. Je peux capturer votre reflet dans le miroir, ça rendra vraiment bien. »

Elle regarde une dernière fois ses ongles avant de laisser retomber ses mains et se tourne vers l'objectif. Mais la première chose que je vois, c'est ma propre image dans la glace et, juste avant de me décaler, j'ai envie de lui dire que je ne peux pas l'aider parce que je n'arrive plus à m'aider moi-même et que, quelle que soit sa décision, elle ne contiendra jamais qu'une promesse, non pas une assurance permanente. Car s'il y a une chose que je sais maintenant avec certitude, c'est que rien n'est garanti. Je me contente donc de dire : « C'est dans la boîte. »

Elle se regarde une dernière fois et je l'entends déclarer d'un ton énergique : « C'est parti. » J'ignore si la musique que je perçois dans sa voix est heureuse ou triste, mais je répète « C'est parti », en tentant de lui faire écho.

Au rond-point, prenez la deuxième sortie et restez sur l'A75. Continuez tout droit. Je lui dis que c'est exactement mon intention. Alors oui, c'est parti – pour des kilomètres de routes ourlées de neige, jusqu'à cette maison vide à Sunderland. À ma gauche, les collines et les bois paraissent mystérieux et immobiles. La plupart des routes secondaires que je croise n'ont pas été déblayées ; sur certaines, un unique et étroit sillon traverse la neige comme si quelqu'un avait découpé un gâteau de mariage. Je maintiens ma vitesse à 65 km/h ou juste en dessous, ce qui rallongera le trajet mais, espérons-le, réduira les risques de désastre. Tous les quelques kilomètres, sur le bas-côté, des véhicules semblent avoir été abandonnés et pas encore récupérés par leurs propriétaires. Je me demande où ils se sont réfugiés lorsque les plus fortes chutes de neige se sont abattues. Je dois m'arrêter pour appeler Luke et lui dire que j'arrive, et pour pisser, comme j'aurais dû le faire sur le bateau, mais il n'y a aucun endroit propice, les aires de stationnement devant lesquelles je passe sont bloquées par plusieurs dizaines de centimètres de neige, ce qui m'oblige à continuer ma route. Au bout de vingt minutes environ, comme par miracle, je vois une aire de repos en partie dégagée, où sont garés un camion-snack et deux poids lourds. Quand je m'y engage avec précaution, la voix m'informe qu'elle recalcule, et l'écran se réinitialise. Je lui dis de garder son calme, mais elle n'écoute pas et s'affole jusqu'à ce que je la réduise au silence. Le camion-snack s'orne du nom The Jolly Friar, et son propriétaire porte un tablier blanc, un bonnet de laine et une écharpe si longue qu'elle doit représenter un risque sanitaire et de sécurité chaque fois qu'il s'approche de la friteuse. Il porte aussi des mitaines. Une guirlande lumineuse festonne le comptoir, sous lequel est accrochée une banderole «Joyeux Noël» en plastique qui semble avoir connu plusieurs années de service. À un bout, deux routiers mangent d'énormes burgers qu'ils tiennent à deux mains, projetant la tête en avant tels des pigeons à chaque bouchée. L'odeur des oignons épaissit l'air, mais je n'ai pas d'appétit pour ce genre de choses à cette heure matinale et je commande un café, préférant garder le contenu de la Thermos pour plus tard ou pour une urgence. Malgré le nom écrit sur le camion, le type qui sert est assez renfrogné, et je regrette de lui avoir dit que j'allais chercher mon fils, puisque je n'obtiens en réponse qu'un hochement de tête presque imperceptible et qu'il examine les pièces que je lui ai données comme s'il les soupçonnait d'être fausses.

Peut-être que les affaires marchent mal, que la neige les a mises KO. Peut-être qu'il espérait se remplir les poches pour faire face aux dépenses de Noël. Je retente le coup.

«Vous avez eu du courage d'ouvrir aujourd'hui, lui dis-je.

— Je n'attendais pas beaucoup de clients, mais tout est bon à prendre pour faire bouillir la marmite, répond-il en essuyant le comptoir avec un torchon sans me regarder. C'était même pas censé être mon tour, mais le gamin s'est barré à Avienmore.

— Pour skier ?

— Pour skier et prendre des cuites.

— Ski et alcool, mauvais mélange.

— Il est sur les pistes de bonne heure, même quand il a fait la fête la veille. Il dit que le froid lui éclaircit les idées. Moi, je préfère un bon petit déjeuner – pas besoin de dévaler une montagne. »

Je lui souhaite bonne chance et voudrais qu'il me rende la pareille, mais il se contente de hocher la tête. Je me glisse derrière des arbres près de deux tables à pique-nique et, en urinant, je lève les yeux vers l'épais bosquet qui s'étire jusqu'à se fondre dans les ombres là-haut. Tout est silencieux et immobile, et plus mes yeux s'aventurent vers les profondeurs du bois, plus sont profonds le silence et l'immobilité. Même le petit oiseau qui fend la fine brume de neige tombante ne rompt pas le charme. Si j'avais mon appareil, je prendrais une photo, mais je me demande si je serais capable ne serait-ce que d'approcher ce que dissimule l'instant. Et j'entends une voix, mon GPS personnel, me dire que malgré tous les espoirs que je nourris et que j'ai toujours nourris quant à ce que je pourrais faire ou être avec un appareil photo, je ne suis pas à la hauteur. Et cette voix devient ma voix, qui répète encore et encore : « Regardez par ici, s'il vous plaît. Tout le monde sourit. » Tout le monde fait toujours semblant de sourire. Je frissonne soudain.

Quelque chose effleure une branche plus haut dans la pente et de la neige tombe presque au ralenti. Je sais que c'est Daniel même si je ne le vois pas. Sans plus bouger je scrute l'endroit, tentant de l'apercevoir, mais il n'y a aucune empreinte dans la neige, seulement l'écorce blanche des bouleaux se communiquant leur froideur.

«Salut, Luke, comment tu te sens? Je suis en chemin.

— Cool. Comment sont les routes?

— Pas trop mauvaises pour l'instant. Praticables, et je fais attention. Et toi, ça va mieux?

— Un peu, mais pas encore terrible.

— Tu n'oublies pas de boire beaucoup?

— Non, papa.» Il a la voix de l'ado agacé. Après un silence, il ajoute: «C'est bien la première fois que tu m'encourages à boire.

— Très drôle», réponds-je, soulagé qu'il aille suffisamment bien pour plaisanter. «Et tu auras préparé ton sac, comme ça on repartira aussi sec pour choper le bateau.

— Mon sac est déjà fait. Je suis prêt à partir.

— OK, je te laisse tranquille et je te rappelle quand je suis presque arrivé.

— Papa, tu peux demander à maman d'arrêter de me téléphoner toutes les cinq minutes? Ça me prend la tête, et elle appelle toujours au moment où je commence à m'endormir.

— Elle s'inquiète pour toi, Luke, mais je lui dirai. Au moindre problème, tu nous passes un coup de fil, d'accord?

— D'accord.» Et il raccroche.

J'appelle Lorna, et j'ai beau relayer le message avec autant de tact que possible, elle m'engueule tout de même, disant qu'il est normal qu'elle s'inquiète, qu'elle veut savoir comment il va et s'ils doivent faire venir un médecin. Ensuite elle se tait, ce qui est toujours pire, jusqu'à ce que je l'entende ajouter qu'elle n'appellera plus avant le déjeuner, puis elle me demande si j'ai mangé quelque chose. Je lui réponds oui et mets fin à la conversation, tout en me disant qu'il doit exister une bonne manière d'aimer son enfant, de l'aider lorsqu'il en a besoin, sans lui prendre la tête. J'ignore comment on fait. Des familles heureuses. Tout le monde qui sourit. Posant en petits groupes parfaits – parfois chez eux, parfois au studio, et tous les enfants ont le visage étincelant, respirant la santé que donne l'aisance. Parfois, ils s'imaginent que le noir et blanc fera plus classe, donnera à la photo un air de solennité, de permanence, même. Alors, qui la récupère en cas de divorce ? Et quand les enfants la regarderont, que verront-ils et jusqu'à quel point sera-t-elle conforme à leurs souvenirs ? J'ai deux photos pour nourrir les miens. Les deux en noir et blanc. De simples instantanés. Les deux avec ma mère. Une à l'intérieur de la grotte du père Noël, dans un grand magasin du centre de Belfast, et l'autre sur mon premier vélo. Pas de trace de mon père.

Luke n'a jamais été très porté sur l'alcool. Il a pris une cuite le soir de la fin de ses épreuves de A-level. Voilà à peu près la somme totale de ses excès adolescents, pour autant qu'on sache. L'un de ses amis m'a appelé avec le portable de Luke, et je suis allé le chercher à l'une des entrées d'un parc voisin, dont les grilles étaient cadenassées. Soutenu par son copain qui avait eu la décence de me prévenir au lieu de se barrer, une marée de bouteilles de WKD vides à leurs pieds, des cris sonores et des bruits de fête en provenance des profondeurs du parc. Lui faire franchir le portail m'a demandé le plus gros effort physique que j'aie jamais eu à fournir pour Luke. Lui faire franchir un haut portail en métal verrouillé. « Mets ton pied là, Luke. » Pousser et tirer – je n'avais pas autant touché mon fils depuis sa petite enfance et je me souviens que ça m'avait fait tout drôle. « Maintenant, passe ta jambe gauche par-dessus. » Essayer de l'empêcher de se rompre le cou, et sa basket qui fichait le camp dans la manœuvre. L'aider à tenir debout.

Lui dire : « Tu ne montes pas dans la voiture si tu comptes vomir. » Et Luke de vomir comme sur commande. Puis de vomir de nouveau jusqu'à ce que, enfin, il ne reste plus rien. L'obliger à marcher encore un peu, tenter de le faire dessoûler pour que sa mère ne le voie pas dans cet état.

On a été gâtés avec Luke – je le sais à présent. Et, peut-être pour s'excuser de sa soirée de beuverie, il est venu au studio le jour des résultats avec le relevé de ses bonnes notes. Je ne l'ai pas serré dans mes bras parce que ce n'est pas notre genre, et je ne crois pas l'avoir touché depuis la nuit du portail, mais j'ai fait quelque chose qui m'a paru plus intime – je l'ai pris en photo. J'ai fait un portrait de mon fils, assis sur un tabouret, la feuille de papier à la main. Et alors que je le regardais à travers l'objectif, je me souviens que je ne voulais pas que le moment s'arrête, ne voulais pas appuyer sur le déclencheur.

Je voulais seulement retenir cet instant, son air heureux et mon sentiment de fierté. Et je voulais dire quelque chose, mais sans savoir exactement quoi ni comment le dire, si bien qu'à la place, je l'ai emmené manger un morceau au Subway.

Des noms étranges sur les panneaux – Wigtown, Gatehouse of Fleet, Kirkcudbright. *Restez sur l'A75. Au prochain rond-point, prenez la deuxième sortie.* La photo de moi avec ma mère dans la grotte du père Noël. C'était soit chez Robinson & Cleaver, soit chez Anderson & McAuley, l'un de ces magasins familiaux à l'ancienne, de style edwardien, que les nouvelles multinationales ont ringardisés jusqu'à les faire disparaître. Je ne sais plus lequel des deux c'était. Sans doute la dernière fois que j'ai eu du plaisir à fêter Noël. À présent, le mot *grotte* ne me paraît pas si éloigné du mot *ghetto*, et c'est plus ou moins l'impression qu'on a, d'être prisonnier de hauts murs d'attentes prédéterminées qui ne sont jamais complètement satisfaites. Et on devient fou, jusqu'à ce qu'on réussisse enfin à s'échapper, tout ça pour se retrouver à faire la tournée des soldes, alors qu'on a déjà bouffé des magasins jusqu'à l'indigestion, qu'il ne s'est pas écoulé cinq minutes entre Noël et ces nouvelles injonctions à dépenser, un écart réduit un peu plus chaque année. Le garage du coin était même ouvert le matin de Noël. Lorna, qui travaille comme auxiliaire d'enseignement dans une école primaire, n'est en vacances que depuis hier, aussi ai-je dû m'occuper de tout, trouver le temps de tout caser, venir à bout d'une liste avant de m'en voir confier d'autres. Et Lorna a besoin de se reposer, de reprendre des forces ; si je peux ramener Luke en sécurité à la maison, ça lui fera un sujet d'inquiétude en moins. Ce sera le premier Noël, donc ce ne sera pas toujours facile, mais nous en avons parlé et nous devons réussir l'épreuve pour Lilly, qui est encore assez jeune pour être excitée et pour mériter de voir ses attentes satisfaites dans la mesure de nos possibilités.

Le GPS est étrangement silencieux, mais au moment où je me demande si elle prend une pause-café, elle me dit une fois encore de *Rester sur l'A75. Continuez pendant 8,6 kilomètres.* Je passe devant des maisons en retrait de la route, temporairement transformées en chalets suisses, une impression que seule contredit la présence de la brique à la place du bois. Il y a des bonshommes de neige dans certains jardins – des bonshommes de neige qui attendent que tout le monde dorme pour s'envoler. Luke a fait ses nuits très peu de temps après sa naissance. Un enfant facile à vivre au début, puis d'une intense curiosité à l'égard du monde et qui, une fois ses questions épuisées, du moins en apparence, semblait disposé à accepter que c'était comme ça, qu'il n'existait pas toujours de réponses à ce qu'il demandait. Mais moi, il y a une question que j'aimerais lui poser, c'est ce qui se passe dans sa tête, parce que je n'ai jamais vraiment su, et parce que ni ses mots ni ses actes ne livrent beaucoup d'indices. C'est pour moi un nouveau sujet d'inquiétude après ce qui est arrivé. On pourrait croire qu'en tant que père d'un enfant, d'un enfant qu'on a élevé – du moins, dans le sens où on l'a vu grandir, parce que j'en suis venu à penser que c'est surtout la vie qui se charge de les élever –, on serait à même de le comprendre, qu'il y aurait une connexion instinctive entre nous. *Au prochain rond-point, prenez la deuxième sortie.* Combien y a-t-il de ces foutus ronds-points ? Mais apparemment ça ne marche pas comme ça. Et je pense à mon père, comme j'ai commencé à le faire plus souvent ces derniers temps ; et peut-être que je regarde en arrière pour tenter de découvrir quelle connexion a pu exister entre nous avant de disparaître.

Mes mains écartées sur le volant. De grandes mains aux doigts larges, copies conformes des siennes. Mais les siennes lui étaient utiles dans son métier – un maçon employé à la tâche, passant d'un boulot à l'autre pour gagner sa vie, et qui parlait de la fortune qu'il toucherait un ultime jour de paie, dans un avenir toujours lointain. Une fortune qui n'est jamais venue avant que la maladie de Parkinson ne le terrasse, que ces mains puissantes et calleuses ne se mettent à trembler comme les dernières feuilles d'automne agitées par le vent, jusqu'à être réduites à l'impuissance. Les miennes me gênent, elles ne sont pas faites pour appuyer sur de petits boutons, ni pour aucun geste nécessitant un toucher délicat. Le vent forcit, soulevant de fins poudroiements de neige sur le haut des murs et les toits des voitures. Les branches d'une rangée de sapins forment un treillis blanc. C'était l'hiver quand je l'avais aidé sur le chantier de la maison du vieux Dobson, sur la péninsule d'Ards, à l'est de Belfast, où le vent arrivait du lac en grondant et nous sciait les os. J'avais seize ans, je m'étais fait enrôler pour les vacances, et parfois j'avais peur d'être balayé de l'échafaudage alors que je travaillais sur un des pignons. Dobson passait tous les après-midi dans sa Merco bleue et prenait prétexte de tel ou tel défaut pour humilier mon père puis, une fois les travaux finis, il a ergoté sur l'ultime facture et réclamé un rabais à cause d'une tâche soi-disant bâclée. Je me souviens de mon père, dans la voiture sur le chemin du retour, me disant qu'avec un peu de chance, par une nuit de tempête, un coup de vent venu de la mer en rugissant emporterait tout le foutu toit et laisserait Dobson en train de cailler sous les étoiles. Il voulait effacer la douleur de l'humiliation dont j'avais été témoin et, même si je ne disais pas grand-chose, je tenais à lui faire comprendre que j'étais de son côté, raison pour laquelle j'ai déclaré que tout le monde savait que Dobson était un connard. Je ne me suis jamais senti plus proche de lui qu'à cet instant. Jamais, dans les années suivantes, il ne m'a exprimé quoi que ce soit d'aussi personnel, ni moi à lui. Alors qu'un camion projette une rafale de fine neige fondue sur mon pare-brise, j'entends une voix dire que c'est peut-être seulement dans le monde moderne qu'on accorde une telle importance aux mots. Mais les années passant, la distance entre nous a paru se creuser petit à petit, jusqu'à atteindre ce moment où il n'est plus possible de la combler – c'est très triste, mais c'est beaucoup trop tard. Et soudain je comprends que ce ne sont pas la biologie, ni les gènes qui créent un lien, que ce qui existe à la fin est l'œuvre de ces mains agrippées au volant et non pas d'un nom sur un acte de naissance. Et j'ai envie d'appeler Luke pour lui dire que je l'aime, mais je ne peux pas, sans quoi il pensera que c'est moi qui suis malade, en proie à une fièvre quelconque.

« Et moi, est-ce que tu m'as jamais dit que tu m'aimais ? » demande Daniel.

Il arrive sans faire de bruit, si bien que je ne sais jamais depuis quand il est là, mais je m'attendais à recevoir sa visite durant ce voyage – impossible de passer toutes ces heures seul dans la voiture sans qu'il vienne, en dépit de la protection espérée de la musique, en dépit de la voix du GPS. C'est souvent quand je pense à Luke qu'il vient. Il a relevé la capuche de son sweat noir, mais ça ne m'empêche pas de remarquer la pâleur de sa peau, les cernes sombres sous ses yeux. Ce sont ces yeux que je regarde toujours le plus, parce qu'eux seuls sont en mesure de révéler la vérité.

« Si je ne te l'ai pas dit, je te l'ai montré tous les jours, et ta mère a dû te le répéter si souvent que tu ne l'entendais même plus.

— Mais ce n'était pas vrai. Ça n'a jamais été vrai, si ?

— Tu racontes des conneries, Daniel.

— Tu sais que j'ai raison », insiste-t-il. Il détourne le visage pour regarder par la vitre, et la lumière de la neige passe à travers lui. Ses poings serrés agrippent son jean. Il y a une croûte sur sa main droite. Et un trou comme une brûlure de cigarette sur sa manche.

« Tu aimerais que ce soit vrai pour pouvoir rejeter la faute sur quelqu'un, au lieu de t'en prendre à toi-même. »

Je ne peux pas porter le chapeau, je ne peux plus, sinon ça va me foutre par terre et je ne serai jamais capable de me relever. Mais je dois essayer de lui parler. Essayer de lui expliquer.

C'est tout ce qu'il me reste à présent.

Chassant exprès toute colère de ma voix, je lui demande :

« Comment tu t'en sors ?

— Bien, je m'en sors bien, répond-il, mais ses yeux mentent. Je m'en sortirais encore mieux si je pouvais t'emprunter un peu d'argent. Pas beaucoup.

— Tu sais bien que je n'ai pas d'argent à te donner, ni peu ni beaucoup.

— Tu parles d'un amour. »

Je m'apprête à répliquer que si je ne l'aimais pas, je lui donnerais de l'argent, lui donnerais tout ce qu'il réclame, mais il est déjà parti, et je ne peux que serrer le volant un peu plus fort, augmenter le volume de la musique. « Tu racontes des conneries », lui dis-je une fois encore, même s'il n'est plus là, et sans me rendre compte que je crie. « Des conneries. » Et je frappe le volant avec mes paumes puis sursaute quand j'appuie par mégarde sur le klaxon. Quelques secondes plus tard, mon téléphone sonne. C'est Lilly, et même si je ne devrais pas, je réponds parce qu'un coup de fil peut signifier n'importe quoi. Et j'essaie de me calmer.

« Salut, papa, tu es bientôt arrivé ?

— Je suis encore en Écosse, mais je me rapproche. Maman va bien ?

— Oui. Elle est en train d'allumer le feu dans le salon. On va faire griller des marshmallows.

— Elle est au courant que c'est interdit dans une zone à faible émission.

— Mais c'est Noël.

— Peu importe.

— Toc toc toc.

— Qui est là ?

— Flo.

— Flo qui ?

— Flocon de neige.

— Très bonne. Et prends soin de ta mère. Ne la laisse pas en faire trop. Je dois te laisser. À très vite.

— Salut, papa. »

Une enfant surprise. Arrivée sans crier gare. Une source de bonheur aujourd'hui, mais je ne veux pas penser à l'avenir. J'essaie de ne pas y penser non plus quand je dois prendre les photos de grossesse que certaines futures mamans réclament désormais, parce que les échographies ne leur suffisent plus et que depuis Demi Moore elles s'imaginent que c'est la chose à faire. Certaines apportent même une photocopie de la couverture du magazine où pose l'actrice, soutenant son gros ventre d'une main et couvrant ses seins de l'autre. J'insiste toujours pour qu'elles se fassent accompagner de leur compagnon ou d'une amie, afin d'éviter tout risque de malentendu, et je les photographie aussi vite et avec autant de bienséance que possible, parce que je me sens mal à l'aise quand ça traîne, plus voyeur que photographe, d'autant que leur main n'est pas toujours assez grande pour cacher ce qui doit l'être et que je dois alors leur proposer autre chose pour le couvrir. Sans compter que la photo doit toujours être retouchée parce que, à poil, personne ne ressemble à Demi Moore. Et c'est parfois un peu délicat parce que je dois demander : « Vous voulez qu'on voie votre tatouage sur le cliché ? » La plupart me déçoivent en répondant oui, et je me sens obligé de prétendre que le papillon, la rose ou le dauphin est très ressemblant, alors qu'on dirait les dessins de Lilly à quatre ans.

Mais je ne saurai jamais ce que ça fait de porter un enfant pendant neuf mois, ni en quoi ça affecte la façon dont on pense à lui sa vie durant, vu qu'étant un homme, ma contribution s'est limitée à l'instant de l'expulsion de millions de spermatozoïdes : tout ce que j'ai fait, c'est acheter un billet de la loterie de la conception et laisser la nature choisir le numéro gagnant. Certaines de ces futures mamans sont gênées le moment venu, mais d'autres me font du charme et, lorsqu'elles retirent le peignoir que je leur ai demandé d'apporter et d'enfiler le temps de trouver la bonne position et de régler la lumière, elles le font d'un geste étudié, comme si elles étaient sur un plateau de cinéma. Je me sens toujours obligé de parler pour dissimuler ma propre gêne, et j'opte en général pour un « Très chouette. On garde ça », suggérant que je parle de la composition de la photo, tout en ménageant la possibilité qu'elles soient aussi incluses dans le propos.

J'arrive à une portion de route où la neige semble avoir été moins dégagée, si bien qu'on avance au pas pendant quelques kilomètres. J'étouffe dans la voiture. J'ouvre ma vitre et je sens la bouffée d'air froid sur mon visage. Trente secondes plus tard, je la referme et mange un des sandwichs préparés par Lorna. Puis la circulation reprend de la vitesse, et bientôt, je me retrouve coincé entre deux camions.

Celui de derrière me colle comme s'il était impatient et m'incite à aller plus vite qu'il n'est prudent. Je n'arrête pas de regarder dans mon rétroviseur, mais je ne vois pas le chauffeur, et soudain, j'ai l'impression d'être dans *Duel*, le film de Spielberg, sauf que nous ne sommes pas dans un désert californien mais dans un paysage hivernal forcément piégeux, et je me dis que si le camion de devant pilait, je n'aurais pas assez de distance de freinage et pourrais finir en sandwich entre deux quarante tonnes. Alors que commencent à apparaître dans ma tête des images télévisées de ces accidents qui mettent à mal notre croyance dans la résistance supposée du métal, je cherche un embranchement, mais ne trouve aucune échappatoire sûre et me vois contraint de rouler en convoi pendant encore trois kilomètres, tentant de réduire petit à petit ma vitesse pour augmenter l'écart entre le camion qui me précède et moi. Celui de derrière me semble physiquement si proche que je crains, si je devais m'arrêter d'un coup, qu'il ne me roule dessus. Et soudain, je ne suis plus dans *Duel* mais dans *Le Convoi de l'extrême*, avec ces vigoureux conducteurs qui vantent le danger, gonflés à bloc par l'image intime qu'ils ont d'eux-mêmes, comme le Pony Express livrant le courrier par-delà des frontières distantes et dangereuses. Je regarde l'émission tard le soir, quand la maison dort en silence ; le ronronnement intermittent du frigo et le grondement des tuyaux d'eau chaude fatigués se transforment alors en crissement de la glace tandis que j'imagine les fissures s'étendre telles les ramifications d'un éclair. Tout le poids du camion et de son chargement plonge dans les eaux noires du lac, et j'ai lu assez de livres pour comprendre que c'est une métaphore de tous nos voyages. Avant d'aller me coucher, je passe la tête dans la chambre de Lilly, me laisse pénétrer par le bruit de sa respiration jusqu'à ce que je sois nettoyé, que je sente une nouvelle fermeté dans mes pas silencieux. Et durant mon sommeil, j'essaie de ne pas faire ce rêve récurrent où je marche sur un lac gelé. M'éloignant de plus en plus.

Attendant le craquement soudain. Apercevant parfois un visage que je reconnais sous la glace.

Lorsqu'un conducteur me colle, j'ai la tentation d'appuyer sur le frein, ça lui apprendra, mais évidemment, je ne le fais jamais puisque ce serait désastreux pour tout le monde, quand bien même je serais dans mon bon droit. *Roulez pendant 3,9 kilomètres.* J'aimerais être en apesanteur, traverser l'étendue de glace devant moi sans plus jamais entendre cette fissuration. Quand nous étions petits nous brisions les flaques gelées, faisions craquer et grincer la glace, attaquions les surfaces plus épaisses avec le talon de nos bottes en caoutchouc. Un timide substitut au bris de fenêtre pour un enfant obéissant. C'est peut-être mon imagination, mais malgré la musique passant dans l'habitacle, j'ai commencé à prendre conscience des bruits de gadoue venant de sous mes roues, et je sais que s'il gèle de nouveau, la chaussée sera comme du verre. Je continue de chercher un embranchement pour m'éviter un potentiel désastre, mais toutes les routes secondaires ont l'air enneigées et ne semblent offrir que des possibilités limitées de retourner dans la direction désirée. Puis, juste au moment où je songe à allumer mes warnings pour essayer d'alerter le routier derrière, elle m'annonce *Au prochain rond-point prenez la deuxième sortie*, et je comprends que je tiens là ma meilleure chance : une fois sur le rond-point, couvert d'amas de neige, je dépasse la deuxième sortie et fais un tour complet pour me retrouver sur la bonne route, mais cette fois derrière le deuxième camion. Et j'adopte une vitesse qui me paraît plus prudente. Plus prudente seulement en apparence, parce que l'écho rémanent de Daniel s'attarde encore, rechignant à se fondre dans la musique, alors même que c'est une de mes chansons préférées ; je la remets en boucle et me concentre sur « Snow in San Anselmo » de Van Morrison, tentant de me placer à l'intérieur des différentes parties de l'histoire – la serveuse qui me dit que la neige tombe pour la première fois en trente ans, une *pancake house* ouverte vingt-quatre heures sur vingt-quatre, un dingue qui cherche la bagarre. Le chœur, sa voix, le moment. Rien que le moment. Mais la voix de Daniel forme un contre-chant au-dessus de tout le reste, et loin de disparaître, son écho revient à l'instant même où il a été produit.

Un fils qui invente tellement de conneries qu'elles s'impriment sur sa peau en taches grêlées, tel un morceau de fruit talé. Le fruit de mes entrailles, dit-on, cet enfant sera donc la récolte de ma vie. Voilà ce qui a fructifié, et comme toujours la même question se pose, répétée encore et encore, de savoir si on a bien veillé à cette croissance, si on a su la protéger des maladies. Je me dis que le monde est rempli de spores infectées, qui vont où elles veulent, portées par des courants invisibles à l'œil et donc impossibles à repousser. Mais je ne suis pas convaincu, je traîne cet inéluctable boulet de culpabilité et, tout en sachant qu'il me faut trouver un moyen d'entrevoir ne serait-ce qu'un début d'absolution si je veux survivre, j'ignore comment y arriver ; tout ce que je peux faire, c'est maintenir la voiture sur la route, continuer à franchir les kilomètres et ramener Luke à la maison.

Un panneau indiquant Lockerbie. Un avion en flammes tombant du ciel. J'en frissonne. Le paysage a apparemment cicatrisé et toutes les traces du désastre ont disparu depuis longtemps, remplacées par des mémoriaux et des vies chamboulées à jamais. Je n'en suis pas certain, mais je crois que ça s'est passé tout près de Noël. Peut-être même aussi près qu'aujourd'hui. Je ne me rappelle pas non plus si l'appareil est tombé dans la neige avant de brûler la terre. Mais en fouillant ma mémoire, je me souviens d'un père dont la fille se trouvait dans l'avion ; il menait campagne pour découvrir la vérité sur le drame et s'était persuadé que l'homme qui avait fini en prison n'était pas le coupable. J'ai alors commencé à me demander si on nous servait toujours une vérité pour éviter qu'on en découvre d'autres plus gênantes. Je me méfie des théories complotistes, mais quand on a vécu la période des Troubles, on se rend compte petit à petit qu'il ne suffit pas de s'en remettre aux faits. En partie parce qu'ils sont contestés, mais surtout parce qu'on ne les juge d'aucun secours pour bâtir un avenir fondé sur un accord. Il ne reste donc plus désormais que ce qu'on appelle des récits, et chacun a le droit d'avoir les siens, même si je crois que mon récit est le vrai et celui des autres une invention. Peu importe, de toute façon, parce qu'à moins d'avoir été victime d'un attentat à la bombe ou d'avoir eu la gorge tranchée pour avoir marché dans la mauvaise rue, ça n'est qu'un récit, une narration comme une autre. Échouée dans le sillage de notre histoire commune, notre petite histoire personnelle ne nous appartient même plus – quelqu'un d'autre peut en revendiquer la propriété, l'intégrer à la sienne.

Je dépasse un homme chaussé de skis, qui va Dieu sait où dans la neige, actionnant ses bâtons comme des pistons. Moi, je sais que je dois m'accrocher à l'histoire de Daniel, ne laisser personne trouver un récit différent, imposer une lecture différente, parce que c'est à moi d'en comprendre le sens. J'essaie encore tous les jours, tous les jours sans exception, et peut-être qu'avec le temps, même si j'ai du mal à y croire, ce récit deviendra une histoire susceptible d'être partagée, parce que je n'ai pas besoin d'un psy pour me dire que je me fais du mal en m'y accrochant et que ça m'empêche d'être pleinement ce que je dois être pour mes enfants. Ce sont des choses que je sais dans ma tête, mais que je n'ai pas encore éprouvées dans mon cœur, ou dans mon être, ou quel que soit l'endroit où ça se passe.

Je voyage en territoire inconnu. Le monde à l'extérieur de la voiture est couvert de neige, complètement transformé – tant de neige que tout paraît enseveli. Ce que j'aime surtout dans la conduite, c'est qu'elle permet de s'abandonner à un régulateur de vitesse interne grâce auquel même les actions mécaniques sont réalisées de manière instinctive et presque automatique, si bien que parfois en regardant soudain dehors, on sait où l'on est sans se souvenir de la façon dont on y est arrivé. Mais là, bien qu'à première vue la neige semble homogénéiser le monde, je suis sensible à chaque vibration de la voiture et j'enregistre tout ce que je vois, comme s'il s'agissait de balises marquant le chemin – un mur en pierre moucheté de neige, la forme particulière d'un arbre semblant vêtu d'une robe de mariée agitée par le vent, des panneaux de signalisation recouverts d'une couche de blanc. Et à l'extérieur de l'univers de la voiture, il y a des gens portés disparus dans les montagnes, des villages isolés coupés du monde, des fermiers qui reçoivent des livraisons aériennes de fourrage pour leurs animaux. Des avions cloués au sol, le pays à l'arrêt, figé dans les glaces. Mon fils dans l'impossibilité de rentrer à la maison. On ne nous dit pas tout à propos de la météo. Je crois au réchauffement climatique, mais je pense qu'on nous cache d'autres choses. Et ce que je ne comprends pas, c'est pourquoi, alors que le monde se réchauffe, il a plu tout l'été dernier, et pourquoi cet hiver a produit de la neige à ne plus savoir qu'en faire. Je passe devant des paysages qui semblent supplier qu'on les photographie, mais je sais que le résultat serait tout juste bon à illustrer le mois de décembre dans un calendrier bon marché. De la neige pour décembre, des feuilles d'automne pour octobre et des agneaux pour le printemps – j'en ai réalisé un pour une banque locale, un jour. C'était ce qu'ils voulaient. Pas franchement du Ansel Adams. Dépourvu de tout mystère. Rien à voir avec *Thundercloud, Lake Tahoe*; *Aspens, Northern New Mexico*; *Oak Tree, Snowstorm* – les images logées dans ce qu'il me reste de mémoire créative. Un paysage vivant par le regard, se transformant jusqu'à n'être plus visible qu'à travers un rêve de l'imagination, de sorte que l'image est à la fois elle-même et quelque chose de nouveau, impossible à décrire en mots. Et ça paraît hors de ma portée parce que la partie de moi qui se doit d'être en vie pour permettre que ça arrive est elle aussi à l'arrêt, figée dans les glaces.

Des enfants font de la luge dans un champ, creusant des sillons blancs derrière eux. Luke a l'œil. Je m'en suis rendu compte de bonne heure, et j'ai tenté de l'encourager sans trop insister. Il a bien travaillé pour le portfolio qu'il a présenté à l'épreuve artistique du A-level – des photos de vieux bâtiments à l'abandon à Belfast. Ils sont de plus en plus difficiles à trouver, mais il restait encore des opportunités autour de North Street et d'une des vieilles *entries*. Je l'ai accompagné, uniquement pour le conduire et veiller sur lui, et j'ai fait de mon mieux pour ne pas le gêner, ni lui souffler des conseils à l'oreille, car c'est là un des paradoxes de la parentalité : la plupart du temps, ça se passe mieux quand on leur laisse de l'espace, et il n'y a pas de plus sûr moyen d'envoyer nos enfants sur une orbite lointaine que d'essayer de les maintenir dans notre champ gravitationnel.

Il a réussi à assembler une collection visuellement intéressante, se concentrant sur les textures et le délabrement, laissant l'appareil photo trouver les histoires, utilisant l'ombre et la lumière pour faire sentir les vieux matériaux de la ville, créant parfois des effets en juxtaposant l'ancien et le neuf tels qu'ils coexistent. Il a ensuite procédé à quelques retouches, dont certaines m'ont plu, tandis que d'autres m'ont paru superflues parce que le sujet parlait de lui-même et n'avait pas besoin d'être enjolivé. Mais c'était son point de vue, et j'en ai vu assez pour savoir qu'il a du talent, aussi ne me reste-t-il qu'à l'encourager et lui transmettre les connaissances techniques dont il pourrait avoir besoin. Mais j'attendrai qu'il me sollicite. Et ce qui m'inquiète avec Luke, c'est que la musique mise à part, il se lasse vite des choses. Durant son adolescence, il s'est essayé à toute une série de hobbys – judo, vélo, escalade, même l'escrime –, mais n'a jamais persévéré plus de six mois, et son armoire ainsi que notre garage regorgent de vestiges d'équipements abandonnés. Sa mère a proposé de vendre ses affaires sur Gumtree, mais il rechigne à lui donner son feu vert, même si, comme à tous les étudiants, cet argent lui serait utile. Une partie de lui croit peut-être qu'il s'y remettra, se demande s'il n'en aura pas un jour besoin.

Il y a une station-service ouverte et je m'y arrête pour prendre de l'essence, parce que malgré mon réservoir aux trois quarts plein et le petit jerrycan dans le coffre, j'ai la psychose de tomber en panne sèche en rase campagne. Je veux aussi appeler Lorna. L'entrée et la sortie de la station sont déblayées, ainsi que l'accès à deux pompes. Tout a été sablé, et des luges sont en vente dehors. Guère plus que de fins baquets en plastique rouge auxquels est attachée une ficelle, mais ça suffit, et je décide d'en acheter une pour Lilly. Il faudra trouver une pente quelque part – je me dis que nous pourrions aller à Stormont Park, devant l'Assemblée d'Irlande du Nord, qu'elle serve à quelque chose d'honnête, pour une fois.

« Où es-tu ? me demande Lorna.

— J'approche de Gretna Green [1].

— Tu as trouvé quelqu'un pour convoler avec toi ?

— Ce serait trop beau. Des nouvelles de Luke ?

— Je ne lui ai pas parlé. Au cas où tu aurais oublié, je n'ai pas le droit de l'appeler.

— Bien sûr que tu peux l'appeler, mais peut-être pas aussi souvent. Il nous préviendra s'il a un problème. »

À l'autre bout du fil, le silence dure juste assez longtemps pour me faire comprendre que j'ai dit une imbécillité, si bien que j'essaie de me raccrocher aux branches en lui demandant comment elle va.

« Comme ci, comme ça. Je suis un peu fatiguée. Je ne sais pas si c'est physique ou alors dans ma tête. Il y a toujours de nouvelles choses à faire la veille de Noël. Un truc qu'on a oublié, même quand on se croit très organisé.

— Ménage-toi. N'en fais pas trop. Personne ne s'inquiétera si tout n'est pas parfait. »

Un autre instant de silence, avant que j'entende son irritation : « Moi, je veux que ce soit parfait. Pour

1. Village écossais connu pour célébrer le mariage de personnes mineures sans autorisation parentale.

Lilly et Luke. Ou du moins, aussi bien que possible. Et j'ai besoin que tu m'aides. »

Je commence à souligner tout ce que j'ai déjà fait pour aider – j'ai couru partout, j'ai bouclé plusieurs listes, j'ai fait deux visites cauchemardesques au magasin de jouets Smyths de Forestside, au milieu de parents acharnés, pour ne pas dire agressifs, prêts à tout pour se procurer l'indispensable dernière folie du moment, mais elle insiste : « Je ne parle pas de ça. Ce que j'attends de toi, c'est que tu sois là et que tu participes, pas que tu te tiennes à l'écart en cherchant à te planquer jusqu'à ce que tout soit terminé. Cette année plus que jamais. Tu comprends ce que je dis ? »

Je pourrais répondre non, puis feindre la confusion en guise de défense, mais la vérité, c'est que je comprends parfaitement et que j'éprouve une bouffée de honte à la pensée que mes précédents efforts aient été si insuffisants.

« Absolument. Je te promets d'y mettre du mien. De faire tout ce qu'il faut.

— Mais je ne veux pas que tu le fasses par obligation. Je veux que tu le fasses pour toi autant que pour nous tous. Et Lilly veut te parler.

— Salut, papa. Tu es encore en Écosse ?

— Oui, mais plus pour très longtemps. Tu vas suivre le voyage du père Noël sur l'ordinateur comme l'année dernière ?

— J'avais que neuf ans.

— Ah oui, tu n'as plus l'âge de suivre le père Noël, dis-je, comprenant que, si elle est sur le point de connaître la vérité des adultes, elle n'est pas encore complètement sûre et protège ses arrières.

— Pourquoi le père Noël descend par la cheminée ?

— Je ne sais pas, Lilly. Pourquoi le père Noël descend-il par la cheminée ?

— Parce que ça le botte ! Tu as compris ?

— Oui.

— Mais tu n'as pas ri.

— Je n'ai pas ri, mais je t'assure que je souris, je souris jusqu'aux oreilles. Elle était bonne. »

Je lui demande de me repasser sa mère. Nous parlons encore quelques minutes, et j'essaie de donner l'impression que je vais revenir non seulement avec notre fils, mais aussi un nouvel enthousiasme pour tout ce qui nous attend. Je l'assure que je ne serai pas rabat-joie. Je comprends maintenant que nous allons tenter de combler les espaces qui se sont ouverts dans nos vies avec une tentative collective de bonheur, que nous devrons nous rapprocher, plus que jamais auparavant, et remplacer le vide en nous par une gaieté festive, et j'ai peur soudain que nous n'en soyons pas capables, que ce ne soit qu'un trompe-l'œil. La maison croule déjà sous les décorations, il y a un vrai sapin et des guirlandes lumineuses sur le cerisier du jardin. Quand je lui avais demandé si elle tenait vraiment à ces illuminations, elle m'avait regardé comme si je venais de commettre une profanation et n'avait pas dit un mot, aussi les avais-je suspendues, et je les allume tous les soirs afin qu'elles brillent devant notre maison et nous relient à toutes les autres maisons de notre route, avec leurs cheminées qu'escaladent des pères Noël, leurs rennes illuminés et leurs gouttières festonnées de stalactites clignotantes.

Je crois que ce sont ces lumières, les nôtres et celles de toutes les autres maisons, qui à cette période s'apparentent le plus à un élan religieux. En mettant de côté la dimension compétitive animant certains, ou leur désir de dire regardez-moi, pour la plupart c'est l'étoile qu'ils suivent avec l'espoir que, même dans l'obscurité hivernale, ces quelques jours les conduiront peut-être dans un endroit où ils pourront retrouver la joie. C'est ce que nous essaierons de faire, même si j'ignore quelles sont nos chances de succès. Dieu merci, nous avons Lilly, et je veux croire que nous nous en sortirons en nous concentrant avant tout sur elle.

À l'entrée de la station-service, mes pieds écrasent du gravier couleur de sucre roux. La femme derrière le comptoir est coiffée de bois de renne clignotants, et quand elle s'exclame « Quel fichu temps ! », je me sens encouragé à lui raconter que je vais à Sunderland chercher mon fils à l'université pour le ramener à la maison.

« Un sacré voyage, dit-elle.

— Pas le choix.

— Si vous l'aviez fait il y a deux jours, vous ne seriez jamais arrivé jusqu'à Carlisle. On était coupés du monde. Mais depuis, la plupart des grandes routes ont été déneigées. » Me voyant regarder le journal sur le comptoir, titré HIVER DÉVASTATEUR, elle commente : « Les nouvelles d'hier. Enfin, elles étaient nouvelles hier. » Elle rit et ajoute : « Quoi qu'il en soit, elles ne sont pas arrivées à temps. Prenez-en un si vous voulez. C'est gratuit. »

J'en prends un exemplaire par politesse, et elle

me souhaite bonne chance pour mon voyage. C'est très attentionné de sa part et je la remercie. De retour à la voiture, je m'éloigne de la pompe puis me sers un café de la Thermos et mange un autre sandwich. Je balance le journal sur la banquette arrière, parce que je sais que sa lecture me remplirait la tête de choses contraires à ce qu'on voudrait être l'esprit de Noël. Pour réussir à passer les prochains jours, il faut s'isoler le plus possible, ignorer tous les drames qui fermentent dans le monde. Toutes les sources de terreur et les tortures, toutes les explosions de haine. Le tsunami de souffrance. Et je ne sais pas ce que nous allons faire à propos de Daniel. Fait-il partie de notre monde intérieur ou est-il enfermé dehors? J'évite de m'appesantir là-dessus en me disant que je dois repartir. J'ai déjà pris du retard, mais ça va encore, compte tenu des circonstances. Alors que je roule vers la sortie, je vois une femme debout à cet endroit. Bien qu'elle soit emmitouflée dans des couches de vêtements et coiffée d'un chapeau, il est évident qu'elle n'est pas jeune, et elle porte deux sacs à provisions recyclables, dont l'un affiche un slogan promettant de durer une vie entière. Elle agite le bras à mon approche et je réponds, avant de me rendre compte qu'elle ne me salue pas, mais cherche à se faire prendre en stop. Il n'y a pas d'autre voiture dans la station-service et elle sait que je l'ai vue: je n'ai pas le cœur de ne pas m'arrêter. Je baisse ma vitre et lui demande où elle va. Elle s'avance et je la vois m'examiner, tentant de déterminer si je suis ou non un tueur à la hache, et c'est seulement quand j'ai réussi le test qu'elle répond: «À trois kilomètres, juste au bord de la route. » Je retire la glacière du siège avant pour la coincer dans l'espace derrière, puis j'attrape un des sacs de la dame pendant qu'elle monte. La ceinture de sécurité se perd dans les plis de son manteau et je dois la retrouver puis la boucler pour elle.

« Sortie faire les courses, dis-je. Vous vous êtes ravitaillée.

— J'ai dû faire des provisions pour ne pas avoir à ressortir. C'est très gentil de votre part.

— Pas de problème.

— La voiture n'a pas voulu démarrer, c'était marcher ou mourir de faim. Mais les sacs sont un peu lourds et je me suis dit que j'essaierais de trouver une bonne âme pour me déposer. »

Qu'on me prenne pour une bonne âme me fait du bien. Le manteau vert en coton huilé qu'elle porte paraît desséché, comme s'il était resté pendu dans un placard quelque part, et dégage une légère odeur de moisi. Je baisse ma vitre de deux centimètres. Elle doit avoir dans les soixante-quinze ans, et quand elle retire ses gants je vois les veines saillantes et très bleues sur le dos de ses mains.

« Vous avez tout trouvé ?

— Je crois que oui. Je n'ai pas besoin de grand-chose. Et j'ai reçu une livraison de fuel au début du mois, donc je ne risque pas d'avoir froid.

— Vous êtes parée pour Noël.

— Pour moi, c'est un jour comme les autres, dit-elle, quoique sans la moindre trace d'apitoiement sur soi.

— Vous serez seule ?

— J'aurai la reine pour me tenir compagnie.

— Vous n'avez pas voté pour l'indépendance, alors.

— Si, j'ai voté pour. » Puis elle ajoute : « Mais je ne suis pas contre un peu de compagnie. » Elle se frictionne le dos d'une main avec la paume de l'autre ; j'augmente le chauffage et je baisse la musique dont j'avais même oublié qu'elle marchait. « J'ai un fils. Il travaillait sur les plates-formes pétrolières, seulement maintenant il est au Moyen-Orient. Dans des endroits dangereux, parfois, mais il est bien payé à cause du risque.

— Il ne sera pas là pour Noël ?

— Non, il est encore là-bas.

— Vous lui parlez par Skype ? »

Mais elle ne comprend pas, et quand je lui explique elle m'informe qu'elle n'a pas d'ordinateur. Puis elle sort de sa poche un téléphone portable et le regarde comme si elle le voyait pour la première fois.

« Il m'a acheté ça. Je ne m'en sers pas beaucoup. C'est surtout en cas d'urgence.

— Il vous appellera peut-être le jour de Noël.

— Peut-être, dit-elle, sans conviction. Vous avez des enfants ? »

J'évite la difficulté nouvelle et importune de répondre à cette simple question en disant que j'ai un fils à l'université de Sunderland et que je vais le ramener à la maison.

« J'espère que je ne vous retarde pas. » Puis elle précise qu'elle habite à peine plus loin sur la grande route.

« Ne vous en faites pas », dis-je.

Nous passons devant un petit groupe de maisons

et devant une école qui a déjà relâché ses enfants et son personnel. Les fenêtres sont un blizzard de flocons en papier.

« C'est là. » Elle montre du doigt un pavillon en bordure de route. La peau de sa main est tendue et brillante. Je m'arrête avec précaution le long du trottoir, écrasant une bande de neige plus épaisse, puis l'invite à ne pas bouger le temps que je contourne la voiture pour lui ouvrir la portière. Je lui tends la main et elle la prend assez longtemps pour que je sente à quel point la sienne est petite et froide, après quoi j'attrape un de ses sacs de courses et l'aide à descendre. Elle me remercie puis, après avoir fouillé dans l'un des sacs, me tend une barre de chocolat en me disant de la donner à mon fils. J'essaie de refuser poliment, mais elle insiste, si bien que je la remercie et la prends, puis lui tiens le portail et la regarde avancer avec prudence vers sa porte d'entrée, posant les pieds dans les empreintes qu'elle a laissées à l'aller. Se retournant, elle me demande mon nom. Elle le cherchera peut-être au générique de fin. Je le lui donne et lui demande le sien.

« Agnes.

— Passez un bon Noël, Agnes.

— Vous aussi, et bon voyage. »

Je hoche la tête et, glissant le chocolat dans ma poche, remonte en voiture. Alors que j'allume le moteur, je la vois ouvrir sa porte, avant de disparaître au milieu des ombres qui inondent soudain l'entrée.

Les kilomètres défilent. J'avance dans ce voyage qui me semble aussi important que tout ce que j'ai fait depuis Daniel, et dont j'ai commencé à croire qu'il aura peut-être, en cas de succès, la capacité de changer les choses, voire de les remettre en équilibre, comme elles l'étaient avant que les plateaux de la balance ne penchent et que tout aille de travers. Un éclat blanc aveuglant se réverbère sur la neige, et je regarde autour de moi pour trouver mes lunettes de soleil, mais elles ne sont pas là. Je plisse un peu les yeux, baisse le pare-soleil puis souffle fort au moment où une volée de corbeaux s'élève dans les airs, masse noire de battements erratiques sur fond blanc.

Mon père a acheté un vieux pavillon de gardien à l'une des entrées du domaine de Sexton lorsqu'il a été démantelé. C'est petit, mais il prétend qu'on peut abattre une cloison et moderniser l'ensemble pour en tirer un profit rapide. L'endroit est inhabité depuis dix ans, et les toiles d'araignées qui couvrent les fenêtres sont des pièges à mouches. Il m'envoie sous les combles vérifier l'état du ballon d'eau chaude. Presque à l'instant où j'ouvre la trappe et me hisse dans le grenier, je sens leur amas noir mouvant au-dessus de ma tête, des formes voletantes dans l'obscurité qui palpite autour de moi. Je ne peux m'empêcher de hurler comme un enfant, et c'est un miracle si, dans ma panique, mon pied ne traverse pas le plafond de plâtre pendant que je balaye l'espace avec ma torche et m'agrippe à une poutre pour essayer de garder l'équilibre. Encore aujourd'hui, tant d'années plus tard, j'ai la chair de poule en repensant aux chauves-souris. Mon père pousse des jurons quand je lui dis, crache ses mots comme s'il plantait des clous, puis me fait promettre le silence. Personne ne doit savoir qu'elles étaient là, absolument personne, et devant mon incompréhension, il m'explique que c'est une espèce protégée et qu'on pourrait récolter une amende pour les avoir dérangées. Je suis stupéfait par la colère de mon père et déconcerté qu'on puisse accorder de l'importance à ce genre de bestioles. Il me dit qu'il doit faire les travaux et revendre aussi vite que possible pour récupérer sa mise de fond avant que les intérêts de l'emprunt ne bouffent tous les profits. Il me demande si je comprends et je réponds oui. Cette nuit-là, nous y retournons et les enfumons pour les déloger, puis bouchons leur point d'entrée. Dans ces corbeaux envolés du champ, ce sont elles que je vois, au moment où elles se sont échappées du toit, traînées d'encre maculant le ciel nocturne.

Je baisse la vitre et tente de cracher le mauvais goût que j'ai dans la bouche. De mon père, j'ai hérité une chose de plus qui ne relève pas du domaine de la mémoire. Tous les soirs, comme il le faisait, je vérifie que les appareils électriques sont débranchés, fais le tour de la maison et m'assure que nous sommes protégés de ce qui rôde dans la nuit. Mais après avoir écouté la respiration de ma fille, je retourne à la porte d'entrée et, bien que je l'aie déjà fait, je vérifie que la chaîne n'est pas mise afin qu'on puisse ouvrir avec la clé. Personne n'est enfermé dehors. Notre porte n'est pas barrée à notre fils absent. Et tous les matins, Lorna me demande, le regard encore ensommeillé, s'il y a la moindre trace de Daniel. Je lui réponds non, sans avoir besoin de passer voir dans sa chambre, parce que j'ai le sommeil léger, le moindre bruit me sort d'un rêve superficiel et aussitôt je suis en alerte, percevant tout et cherchant à en tirer un motif cohérent qui éclairera l'ensemble et me guidera jusqu'à l'aube. Un avion dans le ciel, un papillon de nuit se cognant à la fenêtre de la chambre, un peu d'eau qui coule sans raison dans un tuyau, le grincement de la tête de lit de Lilly et le petit choc contre notre mur quand elle change de position – tous ces bruits ont forcément un lien, doivent participer de quelque chose de plus grand, et si je réussis à trouver la clé de leur signification, peut-être glisserai-je dans un sommeil réparateur jusqu'aux premières lueurs du jour. *Restez sur la voie de gauche. Continuez sur 11,7 kilomètres.* Parfois, le soir, elle met une bouillotte dans son lit – « pour chasser le froid », dit-elle. Je me rends compte soudain que « Snow in San Anselmo » passe en boucle depuis un long moment. Je n'ai pas réussi à obtenir de billets pour le concert anniversaire des soixante-dix ans de Van Morrison, à East Belfast, mais j'ai regardé l'enregistrement plus tard.

Vers la fin, j'ai pleuré sans savoir pourquoi et je me suis félicité de l'avoir regardé seul. Dans ces moments-là, je sens s'allumer un ardent besoin de faire plus que ne m'en demandent les obligations quotidiennes de mon métier. De réaliser quelque chose de valeur. D'essayer d'être plus que moi-même.

Une fois, j'ai fait une exposition dans notre bibliothèque locale, mais ça n'a pas été un grand succès d'un point de vue commercial. Presque aucune vente, sauf à quelques personnes qui me connaissaient et voulaient me soutenir. Ce n'est peut-être qu'une excuse pour justifier mon échec, mais je crois que là où je vis la plupart des gens veulent des photos de couchers de soleil sur le château de Dunseverick, des sommets enneigés des Mourne ou maintenant de la route des Dark Hedges également sous un coucher de soleil, un arc-en-ciel ou tout autre phénomène extravisuel de ce genre. Et moi, qu'est-ce que je veux photographier ? Difficile à exprimer en mots, mais sans doute l'instant qui se trouve juste sous la surface des choses, ou un aperçu du familier sous un angle différent.

Si ça se trouve, je ne sais même pas. J'y réfléchis en conduisant et en écoutant REM, avec la pensée plutôt rassurante que je n'ai jamais compris les paroles du moindre de leurs titres, et j'essaie de faire apparaître devant mes yeux la photo que j'aimerais prendre. Mais ma vue est en partie bouchée par une fourgonnette portant le logo « Votre Toiletteur à Domicile – Chouchoutez votre Toutou ». Et ces mots se mélangent aux chansons où il est question d'Agent orange, d'éléphants dans un escalier et de sa religion qu'on perd, pour créer un décalage confus, un méli-mélo d'inconséquence et d'incertitudes. Je n'ai jamais eu de religion à perdre, mais parfois, dans des instants de faiblesse, j'envie ceux qui peuvent négocier les moments clés de la vie, souvent liés à un deuil ou à une perte quelconques, en puisant du réconfort dans la foi. C'est vrai que dans ces circonstances, n'importe quel soutien, même temporaire, est bon à prendre, pourtant je sais que ce n'est pas pour moi, ni pour Lorna, et pas non plus pour nos enfants, du moins je l'espère, même si ce sera à eux d'en décider.

« C'est où, le paradis ? demande Luke.

— Je ne sais pas. Là-haut dans le ciel, sans doute. » Je n'ai pas envie de répondre à un jeune enfant que la vie s'achève dans le néant.

« Tout le monde y va ?

— Uniquement les gens qui ont été gentils. » Autant tirer un avantage parental de cette question inattendue.

« Il faut être gentil tout le temps ? Et si on est méchant une fois ou un tout petit peu méchant ?

— J'imagine qu'on fait une moyenne.

— Donc, Dieu compte les points ? Il les note dans un cahier ?

— Peut-être », dis-je, puis je cherche une diversion à ses questions.

Un camion de sablage me croise, et bien que je l'anticipe, le bruit des projections criblant le flanc de la voiture me fait tout de même sursauter. Un père tire deux enfants sur une luge en bois ; à côté, mon modèle en plastique fait pâle figure. À quoi ressemble alors ma fiche de score ? Ça dépend peut-être de qui la tient et de si une moyenne est établie. Je me remémore mes insuffisances, dont certaines sont de notoriété publique – du moins familières aux gens qui me connaissent ; en tête figure une tendance prononcée à choisir la voie de la facilité, à éviter toute ligne de conduite susceptible de présenter plus de risques que je ne peux en gérer. Mais je laisse de côté celle que je ne veux pas affronter, peu désireux de soulever cette pierre-là. Je ne vaux rien sous la pression, je ne m'en sors pas. J'aime que tout soit ordonné et à sa place à l'intérieur du cadre à travers lequel je regarde la vie, et quand des choses en sortent, je ne réagis pas toujours bien. Je ne veux surtout pas penser à la note que Daniel m'attribuerait, mais comme l'idée s'est logée dans ma tête à mon corps défendant, j'essaie d'établir une moyenne avec ce que j'ai fait de bien, sauf qu'il n'y a rien de moins convaincant que de dresser soi-même la liste de ses qualités.

Elles se fragmentent et se réduisent à rien, en synchronisation quasi parfaite avec la projection d'eau coulant sur le pare-brise. Et je suis presque reconnaissant à la voix féminine de m'interrompre, pour me dire de faire ceci ou cela, de suivre telle route et de prendre telle sortie. Prendre cette route jusqu'à Luke, et je ne peux penser à lui sans penser à cette maison dans laquelle il m'attend.

À notre première visite, toutes les chambres de la résidence universitaire affichaient le même ordre spartiate qui, au moins, évoquait une collectivité, l'idée qu'il existait un encadrement, une surveillance quelconque, ne serait-ce que par souci de préserver un bien, mais l'endroit où il est maintenant ne dégage dans mes souvenirs qu'une impression accablante de grand vide caverneux. Un propriétaire invisible ; une vieille maison ayant dû jadis prétendre à une certaine magnificence, disséquée et divisée puis remplie de meubles bas de gamme et d'équipements rudimentaires, et dont les revêtements et surfaces ont été salis et tachés par trop de mains et trop peu d'entretien. Sa chambre se trouve tout en haut, sous les combles, ce qui lui a plu parce qu'elle était plus grande que celle qu'il occupait en première année ; ainsi placée, elle semblait aussi offrir la possibilité d'une intimité bienvenue, à l'écart de l'agitation et du bruit incessants d'une maison d'étudiants. J'ai envie de l'appeler, mais je crains qu'il ne dorme et ne soit pas ravi de se faire réveiller. À l'évocation de la maison de Luke, une image restée dans ma mémoire se précise ; c'est un cliché de Denis Thorpe, qui a travaillé pour le *Guardian* et photographié le nord de l'Angleterre, en noir et blanc, dans un style d'un réalisme cru. La photo à laquelle je pense, *Mr Lowry's Hat and Coat* – prise le lendemain de la mort du peintre – montre deux manteaux et des chapeaux pendus à des patères dans le clair-obscur d'une entrée, un papier peint vaguement floral, une cimaise. La doublure d'un des manteaux, tournée vers l'extérieur, accroche un peu de lumière. La photo parle d'absence, d'un espace qui s'ouvre et se remplit d'immobilité, se concentrant sur les reliques d'une personne qui a été et n'est plus.

Quand j'entre dans les chambres de mes enfants, je ressens parfois puissamment à quel point nos vies et les lieux où nous vivons déteignent les unes sur les autres. Leur respiration semble encore présente dans la pièce vide, tous leurs souvenirs et leurs rêves paraissent fondus dans les plis d'un tissu ou le grain d'une surface. Seule la froideur de la technologie résiste : on aura beau effleurer le clavier d'un ordinateur ou l'étui d'une tablette, on n'y percevra jamais l'enfant absent. Il y a un mot de passe, un pare-feu qui nous empêchent de retrouver la moindre trace de l'existence de son utilisateur, et ces appareils demeurent séparés du reste de la chambre, imprégnée partout ailleurs de la force de l'être à qui elle appartient. Voilà pourquoi je pense autant à la maison de Luke, parce que si nous laissons notre empreinte dans ces lieux, il est probable qu'ils nous marquent en retour de leur sceau, si bien que ce labyrinthe de chambres vides remplies de lits défaits et des vestiges épars de départs à la hâte, ces couloirs et paliers sombres – toutes ces choses risquent d'imposer leur présence collective à sa raison. Et au moment où il est malade et où la ville dans laquelle il se trouve est ensevelie sous la neige, ça pourrait l'amener à considérer sa vie d'une manière néfaste pour lui, raison pour laquelle je tiens à ce qu'il soit chez lui avec sa mère et son père, dans une maison décorée et enguirlandée pour Noël, aussi artificielle que soit cette mise en scène.

En me dirigeant vers Gretna Green, je me rends compte qu'il y a neigé plus fort et plus récemment : de gros tas s'amoncellent sur les bas-côtés, et la gadoue grise sur la chaussée est sillonnée de traces de roues ; je passe devant une concession de voitures d'occasion où tous les véhicules sont des monticules blancs indistincts. Sans raison apparente, des images de vacances circulent librement au milieu de la musique et de la voix du GPS. Le camping dans la forêt de Tollymore – la nuit où la tente a failli s'envoler –, des cottages loués en Cornouailles, l'été du bodyboard et des combinaisons de surf, de la chasse aux fossiles sur la plage de Lyme Regis. Donegal sous la pluie, et une fois, rien qu'une, sous une vague de chaleur. L'intense chaleur de la Turquie, si insupportable que j'avais envie de passer la majeure partie de la journée dans le noir avec une bière. La planète a rapetissé, elle s'est réduite à cause du terrorisme, dont le caractère aléatoire pourrait frapper y compris là où l'on se sent le plus en sécurité. Le monde est devenu de plus en plus fou depuis le jour où les avions se sont écrasés dans les tours, alors qu'il l'était déjà avant, et je me dis que tout ce qu'on peut faire, c'est se replier sur sa famille, trouver un refuge dans son intimité, être sans cesse en état d'alerte maximale et espérer que la tempête passe au-dessus de notre tête. Même là, alors que je conduis, je vois de petits bouquets de fleurs artificielles accrochés à des poteaux le long de la route, et j'imagine qu'il doit y en avoir d'autres ensevelis sous la neige, attendant le dégel d'un printemps quelconque pour refleurir en couleurs criardes. Mais ces offrandes isolées en mémoire de tragédies isolées se fondent dans les parterres déposés après des atrocités, ces monceaux de fleurs et ces lumignons vacillant dans le vent.

On cloue au pilori les parents de ces ados partis rejoindre l'État islamique ; on les traite de mauvais parents, ou alors on les soupçonne d'avoir su ce qui se passait dans la tête de leurs enfants. Au mieux, leur radar est défectueux et n'a pas su détecter ce qui s'insinuait dans leur foyer pour contaminer l'esprit de leurs gamins. Il fut un temps où j'aurais peut-être pensé la même chose. Je dis bien peut-être. Mais c'était avant. Maintenant, je me garde des jugements et des suppositions faciles. Et élever un enfant, ce n'est pas comme conduire cette voiture, avec l'assistance d'une voix pour me guider, avec les traces laissées par d'autres véhicules que je peux suivre malgré la neige, avec les feux et les panneaux pour m'indiquer quand m'arrêter et démarrer, pour me signaler de possibles dangers. Au lieu de cela, on se trouve dans une espèce de blizzard d'idées confuses et contradictoires, et alors qu'on croyait connaître la meilleure direction à prendre, on doit vite admettre qu'on est perdu et que les points de repère familiers auxquels on accordait tant d'importance ont disparu dans un brouillard blanc. J'entends le bruit d'une sirène et, l'espace d'une seconde, elle me fait penser que je vais tomber sur le genre de danger qui occupait mon imagination ; quand je regarde dans mon rétroviseur, je vois une ambulance aux lumières bleues clignotantes arriver à vive allure et je ralentis avec prudence puis me range sur le bas-côté, les pneus de la voiture écrasant les grêlons gris qui jonchent le champ de débris laissé par les chasse-neige.

Luke est devenu silencieux, encore plus qu'avant, et ça m'inquiète. Au point que je donnerais tout pour qu'il vienne me poser une question, même une à laquelle je serais incapable de répondre. Mais je sais aussi que nous sommes tous plus silencieux, qu'une partie de chacun de nous a besoin de rester à l'abri. Seule Lorna refuse de suivre cette voie ; elle est devenue notre boute-en-train, celle qui insiste pour que tout continue, qui maintient les usages et les rituels propres à chaque famille avec une force qu'elle puise à une source à laquelle je n'ai pas accès. J'ai toujours pensé qu'elle était la plus forte, et elle l'a prouvé plus souvent qu'à son tour, en portant les charges les plus lourdes, en nous faisant aller de l'avant, en s'assurant que l'arbre du jardin ait ses guirlandes lumineuses. C'est une des nombreuses raisons pour lesquelles je l'aime.

Mais je ne peux pas songer à cet amour sans prendre peur, parce qu'il y a des choses que je ne lui ai pas dites et que je pense ne pas pouvoir lui dire sans risquer de perdre tout ce à quoi je tiens et dont j'ai besoin. Et parfois, j'entends la voix de Daniel – toujours dans un murmure, et sans le ton enjoué et moqueur qu'il aime adopter, de sorte que je sais qu'il est sérieux –, et il menace de lui parler. Je lui dis que je vais le faire moi-même, très bientôt – peut-être quand Noël sera passé –, et qu'il perd son temps parce que contrairement à lui, je suis capable de livrer la vérité. Mais il ne croit pas plus à cela qu'il n'a cru à ce que j'ai essayé de lui faire comprendre. Les lumières clignotantes disparaissent au loin. La douleur de quelqu'un d'autre, le deuil de quelqu'un d'autre. Désolé pour lui, mais je les lui laisse, et je ne peux pas les partager parce que j'ai déjà eu mon content et que je ne suis pas sûr de pouvoir en supporter ne serait-ce qu'un tout petit peu plus.

La voix pressante au téléphone me réclame à l'hôpital ; le type veut que je l'y rejoigne aussi vite que possible. À la maternité de Dundonald, là où Lorna a eu les nôtres.

La mère et son nouveau-né, mais l'homme attend que je sois devant la porte de la chambre individuelle pour m'annoncer que ce sera la mère et le bébé mort-né. Je ne devrais pas voir ça parce que c'est un moment intime, mais il affirme que c'est ce qu'elle veut, et soudain, je suis dans la chambre avec un appareil photo tandis qu'elle est assise dans son lit, tenant tendrement la petite fille dans ses bras, et comme il est trop tard pour m'en aller, beaucoup trop tard, je leur demande s'ils sont vraiment sûrs, et tous deux répondent oui, qu'une photo prise au portable ne serait pas assez bien. Je leur dis qu'elle est belle parce que je ne sais pas quoi dire d'autre, et j'ai peur qu'ils soient flous parce que mes mains tremblent. Ensuite, j'imprime la photo, je l'encadre du mieux que je peux et je ne leur fais rien payer.

Je pense aussi à une autre photo enfermée et cachée dans mon appareil, une photo que je n'ai jamais montrée à Lorna, et je suis pris de nausée jusqu'à ce que j'ouvre la vitre pour laisser s'engouffrer l'air froid.

Un faucon crécerelle plane au-dessus d'un champ, ses ailes grattant l'air. Plus loin je vois deux hommes en vêtements verts de style militaire, tenant des fusils, et je pense au *Retour des chasseurs* de Bruegel. La neige englobe tout et, en dépassant Gretna, je sais qu'elle doit aussi cacher le peu qu'il reste de l'usine de munitions géante construite ici pendant la Seconde Guerre mondiale et aujourd'hui largement effacée de nos souvenirs de ces années. Mais je me souviens d'avoir vu quelque part des photos des femmes qui y travaillaient. Un boulot dangereux, puisqu'elles mélangeaient souvent des substances volatiles pour fabriquer ce qu'on appelait le « porridge du diable », servant de poudre propulsive aux obus. Bagues et boucles d'oreilles étaient interdites, de peur qu'elles ne fassent des étincelles et déclenchent une explosion. On les appelait les Canary Girls parce que leur peau, entrant en contact avec le soufre, devenait jaune. Je me rappelle une photo en particulier – d'un groupe de femmes pris à une certaine distance, fines silhouettes sombres et spectrales. Elles pellettent du nitrate de potassium dans ce qui ressemble à une montagne blanche de sel. L'image dégage une impression fantomatique, comme si elles travaillaient aux Enfers, et contraste avec les photos de groupe plus courantes, où les femmes s'affairent en une légion compacte de sourires, de combinaisons informes et de foulards noués en turban sur les cheveux.

On dit que des gens viennent encore à Gretna pour se marier, qu'ils viennent du monde entier, sans doute parce qu'ils trouvent romantique de s'unir chez le forgeron où des générations de fugitifs sont venus prononcer leurs vœux. D'ailleurs une forge n'est peut-être pas un si mauvais endroit où promettre à quelqu'un de passer le restant de ses jours avec lui. Et plus j'y pense, plus je crois que la survie d'un couple est une affaire de détermination et de force de caractère, aussi, ceux qui se sont dit oui au milieu des fers et des enclumes étaient-ils entourés de symboles plus vrais que les mariés que j'ai l'habitude de voir, baignant dans un mélange sucré de barbe à papa et de guirlandes, et qui semblent sur le point de se consumer à la moindre étincelle de réalité. Les années passant, j'en suis arrivé à croire que la longévité matrimoniale est inversement proportionnelle à la somptuosité du jour J. Si ma théorie est juste, au moins la moitié des couples que j'ai photographiés n'ont pas dû résister au premier coup de vent froid. Et le sens de la dignité s'est perdu chez certains. Sans même parler des autobronzants orange qui nécessitent toujours une retouche de couleur, ils veulent copier ce qu'ils ont vu sur YouTube, descendent l'allée centrale en dansant, quand le marié et ses garçons d'honneur ne se lancent pas dans une chorégraphie de boys band. Mariages à thème, cadeaux-souvenirs pour les invités, colombes, lanternes volantes, sculptures sur glace – toutes sortes de débris me tombent sur la tête comme des confettis, même si ces derniers sont désormais prohibés dans la plupart des endroits, à moins d'être biodégradables. Si bien qu'au moment où je dépasse cette ville, elle m'inspire un certain respect, du moins telle qu'elle était autrefois, car il y a fort à parier qu'elle a été transformée en parc à thème, avec sa boutique pour touristes, cinquante-sept variétés de sablés et autant d'objets kitsch à imprimé tartan.

Je m'en veux de mordre la main qui me nourrit. Alors que je suis libre de partir avant que l'alcool coule à flots et que le chaos s'annonce. Toutes ces tensions familiales qui couvent, toutes ces inhibitions levées par la boisson, et ces badinages libérés comme des lanternes volantes. Prêts à brûler la maison jusqu'à ce qu'il n'en reste rien.

Lorna et moi avons réussi à rester ensemble. J'en suis reconnaissant et j'ai peur de faire quoi que ce soit qui nous mettrait en danger, aussi dois-je profiter de ce voyage pour cogiter, mais j'ignore si le monde monochrome que je traverse favorise ou non la réflexion. Il ne s'agit pas de choisir entre ce que je crois être bien et ce que j'ignore être mal : c'est plus compliqué. La neige dissimule tout, mais je ne suis pas sûr de pouvoir continuer à couvrir ce qui est pour le moment caché, et comme je n'ai pas toujours une grande force intérieure, je crains, sous l'effet d'une sorte de dégel, de lâcher le morceau, à un moment où elle ne s'y attend pas, à un mauvais moment.

Nous n'avons jamais eu d'album de mariage, rien que quelques photos prises par ma sœur, et si nous en avions eu un, qu'aurait-il montré à part des choses dont on ne veut pas se souvenir ? Ça n'avait pas été une de ces journées de rêve où nous aurions baigné dans les bons vœux de la famille et des amis. Les formalités au bureau de l'état civil, quelques sandwichs et un verre dans l'appartement que nous partagions déjà. Difficile de constituer un album avec ça. Mais ni la banalité des cérémonies du jour, ni le négatif des événements les entourant ne m'empêcheront de penser que c'était la meilleure chose que j'aie jamais faite, et que je la referais mille fois.

Lorna va vous aider, me dit-on à mon arrivée à l'école primaire où je vais prendre des photos de classe et individuelles pendant deux jours. C'est mon premier contrat dans une école, et j'ai le trac. J'ai fourni l'extrait de casier judiciaire demandé pour prouver que je ne présentais pas de menace pour les enfants. Et ce que je remarque la concernant, c'est que quand elle sourit, tout le reste s'efface, elle quitte ce que certains pourraient prendre pour de la discrétion et devient belle. Elle sourit beaucoup. Aux enfants, aux enseignants, même à moi, et pas quand j'essaie d'être drôle, mais quand je trébuche bêtement sur les lumières. Elle semble connaître le nom d'un très grand nombre d'enfants, bien que, en tant qu'auxiliaire d'enseignement, elle soit chargée de tâches précises dans une seule classe. Elle est douée pour superviser les écoliers, les placer où il faut, encourager ceux qui manquent d'enthousiasme et calmer ceux qui en ont trop. Sans elle, la journée serait un cauchemar, mais elle a la situation en main, et les enfants lui répondent d'une manière décontractée quoique respectueuse. Elle s'accroupit souvent pour parler aux plus petits, et parfois leur touche les cheveux ou les prend par les épaules quand ils sont agités, comme si c'étaient les siens. J'essaie d'être aussi à l'aise avec eux, mais je ne crois pas réussir. Et pour être honnête, c'est un boulot cauchemardesque parce que l'adage des acteurs selon lequel « il ne faut jamais bosser avec des enfants, ni des animaux » s'applique de même aux photographes, compte tenu de la difficulté qu'ont les gamins à rester en place, des tics qui agitent sans cesse leur visage, de leur tendance imprévisible à cligner des yeux, ouvrir la bouche, regarder du mauvais côté et plus généralement grimacer au mauvais moment. Avec un seul, on peut s'en sortir par la subornation ou la diversion, mais avec un groupe, c'est une autre paire de manches. Pour réussir à les faire tenir assis et regarder l'objectif, il faut soit de la chance, soit une formule magique qui les fige momentanément. Voyant mes difficultés, elle vient se placer près de mon épaule et attire leur attention le temps que j'appuie sur le déclencheur.

Elle a toujours été capable de voir quand j'étais en difficulté, elle est toujours venue se tenir à mon côté. Elle le voit sans que j'aie besoin de dire quoi que ce soit, et des difficultés, j'en ai rencontré beaucoup à certaines périodes. Il y a eu l'année de ma dépression – je n'ai pas connu les abîmes d'un noir absolu où sombrent certains jusqu'à ne plus pouvoir fonctionner, mais j'ai tout de même suffisamment touché le fond pour savoir à quel point c'est handicapant. Je ne me suis rendu compte de rien au début; on ne se sent pas bien mais on s'y habitue, on commence à croire que c'est normal et à oublier que ça n'a pas toujours été comme ça. C'est Lorna qui m'a incité à aller chez le médecin et à me faire aider. Elle aussi qui perçoit les moments où je replonge et qui m'aide à les traverser.

Ce dont j'avais besoin ce jour-là, c'était d'une tasse de thé et, à la récréation, elle m'a invité dans la salle du personnel. Pas la salle des profs, mais un local sous l'escalier où se retrouvaient les auxiliaires, les agents de service et les secrétaires. Quelques chaises, une table et un petit coin cuisine. Une poignée de femmes prenaient leur pause et rigolaient. Entendant que j'étais le photographe, la cuisinière scolaire, une dame corpulente en tenue blanche et tablier, le visage aussi rouge que si elle venait d'ouvrir un four chaud, a bientôt lancé: « Dites, Tom, vous pensez qu'on pourrait poser pour un calendrier de charme? » Éclat de rire général, embarras de Lorna.

« Pourquoi pas, mais il faut choisir votre bonne cause », lui ai-je répondu, prenant la tasse de thé offerte par Lorna. Le thé fort qu'elle fait toujours. « Et trouver un thème.

— Une bonne cause? Une cagnotte pour notre retraite, oui! Ce n'est pas notre groupe de joueurs de loto qui va nous sortir d'ici.

— Il suffit de gagner une fois, a affirmé une femme dans un coin sans lever les yeux de son portable, d'un ton suggérant qu'elle venait de livrer une réflexion profonde.

— Pour ce qui est du thème, je proposerais l'école, bien sûr, avec des accessoires représentant tous nos métiers. J'ai deux très grandes passoires à la cantine que je pourrais utiliser, car comme vous pouvez le voir, Tom, je ne suis pas du genre à refuser un *fish and chips.* »

Nouveaux fous rires, ces dames se délectant de ma gêne. Et moi qui essayais de sourire en faisant semblant d'examiner mon thé.

« Vous savez ce que je ferai si nos chiffres sortent ? J'enverrai le menu d'un hôtel chic des Caraïbes au service de restauration scolaire d'Academy Street et je leur demanderai de m'aider à choisir une entrée. »

Tout le monde s'esclaffe. Quelqu'un entre après avoir surveillé la récréation et remet la bouilloire à chauffer. Lorna prend ma tasse pour la laver puis me raccompagne dans le hall. Des enfants défilent toute la journée : des enfants aux genoux écorchés, avec des boucles d'oreilles et des dents de lait manquantes, des assortiments de jumeaux, des enfants de toutes les origines ethniques, des enfants portant d'extravagants prénoms doubles et d'autres animés d'un besoin insatiable d'embêter leur voisin. Et pendant tout ce temps son sourire ne la quitte jamais, entre les crises de larmes, les mini-traumas, les petits qui veulent aller aux toilettes et ceux qui refusent d'être sur la photo parce qu'ils ont déjà figuré sur une autre. Ce que j'ai retenu de ces premières rencontres, c'est qu'elle disposait d'une réserve infinie de patience, une qualité que je suis heureux qu'elle possède, parce qu'à certains moments, je suppose qu'elle en a eu besoin avec moi et nous tous.

Roulant vers Luke, j'ai pénétré dans un monde qui, quoique beau par certains côtés, est froid et rude dans son immensité, indifférent à toute autre vie. J'essaie d'évoquer Noël pour dissiper un frisson et j'y suis aidé un instant par la vue d'un homme poussant un vélo sur lequel est posé un sapin, de la selle au guidon. À en juger par la base tailladée du tronc, il est allé le piquer dans une forêt au lieu de l'acheter. Il est passé beaucoup trop vite, me laissant de nouveau avec la douce rondeur des champs blancs, tandis que la route s'étend devant moi, rectiligne, d'une netteté de plus en plus aveuglante.

Elle portait une bague de fiançailles, et j'ai seulement vu en elle une personne douée pour la bonté. J'avais déjà l'esprit assez occupé par la nécessité stressante de faire tourner mon petit business. Après avoir travaillé pour un magazine pendant deux ans, j'avais atteint le stade où je ne supportais plus de photographier l'Association des experts-comptables ou les dîners du Golf Club, l'inauguration d'une nouvelle boutique de mode ou des réunions d'anciens élèves. Les horaires décalés n'aidaient pas, et je devenais fou à force de regarder dans l'objectif des gens s'amuser, ou du moins faire semblant. Par deux fois, j'avais mal noté les noms et marié deux personnes qui l'étaient à d'autres, ce qui avait suscité des plaintes aussi indignées que si j'avais publiquement révélé leur appartenance à un club échangiste.

Je n'avais pas revu Lorna quand, trois mois plus tard, l'école m'avait appelé pour me demander de prendre des photos le jour de la fête du sport. Toutes les activités habituelles – course en sac, course à l'œuf, course à trois jambes –, à cela près qu'il n'y avait que des gagnants, selon la nouvelle pédagogie décourageant la compétition. Les seules à ne pas faire de sentiment étaient les mamans, qui n'hésitaient pas à jouer des coudes pendant leurs courses. Les pères n'étaient pas venus en nombre suffisant pour pouvoir en disputer une. Quelque chose semblait changé en elle, et pas seulement sa coupe de cheveux plus courte. Elle était plus silencieuse, souriait un peu moins et se tenait plus en retrait que dans mon souvenir. Puis, vers la fin de la journée, elle avait ouvert grands les bras pour un enfant handicapé, son sourire avait fendu son visage et l'avait rendue belle. J'avais su alors que je ressentais quelque chose. Voilà pourquoi, discrètement pour ne pas nous mettre l'un et l'autre mal à l'aise, je m'étais arrangé pour l'inclure dans une photo. Et c'est de sa photo que je suis d'abord tombé amoureux.

Mais je savais aussi que ça m'arrivait à intervalles réguliers. Quelle que soit l'occasion, il y avait toujours sur mes photos une femme qui avait capté mon attention, à qui j'inventais secrètement une vie, une personnalité, et dont j'imaginais, en l'absence d'une petite amie réelle, qu'elle partagerait mon amour. Dit comme ça, ça paraît inquiétant, mais ce n'étaient que des coups de cœur superficiels et fugaces, nés de la solitude et de mon désir de partager ma vie avec quelqu'un. Si Facebook avait existé à l'époque, je suppose que j'aurais prolongé mes sentiments pour Lorna en la cherchant sur Internet, en glanant des informations sur elle, en tentant de croiser sa route, mais tout ce que j'avais fait, c'était passer deux fois devant l'école en voiture alors que ce n'était pas mon chemin le plus direct. Et il y avait cette bague de fiançailles à son doigt pour décourager tout espoir que j'aurais pu nourrir.

Une voiture tirant une caravane grise passe dans la direction opposée, et son toit strié de neige lui donne des airs de blaireau sur roues. Mon bilan avec les femmes n'était pas brillant. Deux histoires courtes qui avaient viré au fiasco, et une relation de près d'un an que la fille avait rompue en décrétant que ça ne menait nulle part. J'ignore encore aujourd'hui où elle voulait que ça nous mène ; quant à moi, je voulais que la relation nous mène au bonheur et par-dessus tout à la sécurité. À quelque chose sur quoi on pouvait compter.

Le téléphone sonne et me fait sursauter, me ramenant trop brusquement à l'instant présent.

« Salut, papa, tu es toujours en Écosse ? me demande Lilly.

— Je viens de quitter l'Écosse et je me dirige vers une ville du nom de Carlisle.

— Il y a une fille dans ma classe qui s'appelle Carlisle.

— Peut-être qu'elle est originaire de là-bas ? Ta mère sait que tu te sers de son portable ?

— Elle veut bien. Il y a beaucoup de neige ?

— Des tonnes. Je t'ai acheté une luge. Un truc simple, en plastique, mais qui devrait suffire. À mon retour, on ira en faire à Stormont si tu as envie.

— Luke pourra venir avec nous ?

— S'il est guéri. Passe-moi maman.

— Que répond le père Noël quand sa femme lui dit qu'il est en retard ?

— Je ne sais pas, que répond le père Noël quand sa femme lui dit qu'il est en retard ?

— Oh, la barbe !

— Très drôle, Lilly, très drôle. Passe-moi maman. »

Elle me demande comment ça va, comment sont les routes, si je vais y arriver, et je lui dis que oui, je vais y arriver, que sauf imprévu, nous prendrons le dernier bateau si nous ratons le précédent. Dès que je l'ai prononcé, je regrette d'avoir utilisé le mot « imprévu » parce que ça plante aussitôt une graine de doute dans nos esprits, or elle ne doit pas germer, parce que si on la laisse faire, on pourra finir par imaginer des choses qui ne nous feront du bien ni à l'un ni à l'autre. En guise de diversion, je lui demande si elle a allumé les guirlandes extérieures, mais elle me répond qu'il ne fait pas encore assez sombre et qu'elle s'en chargera plus tard dans l'après-midi. Puis elle me dit que je ne devrais pas être au téléphone alors que je conduis et nous raccrochons.

Je garde encore cette première photo dans mon portefeuille. Découpée à la taille d'un timbre-poste, si bien qu'il ne reste que sa tête, et elle ne regarde même pas l'objectif, ne sait pas que j'ai saisi son sourire. Après toutes ces années elle ne l'a jamais vue, et je la conserve parce que j'aime son expression à cet instant, son visage tourné vers un enfant qu'elle félicite, sans pose ni artifice, ce qui la différencie de la plupart des photos que je passe ma vie à prendre. J'aimerais être capable de lui dire, la prochaine fois que nous parlerons, que c'est ce que j'ai toujours préféré chez elle.

Comment j'ai fini par retrouver Lorna? Par hasard, via ma brève velléité de photographie naturaliste, qui m'a conduit jusqu'au chemin de halage un matin d'été et dont il n'est rien sorti hormis un héron sur la rive opposée ressemblant à un ornement de jardin en métal, et une image floue et mal mise au point de ce qui était (peut-être) un martin-pêcheur. Un résultat pathétique, mais au moins m'a-t-il fait comprendre que je n'avais ni la patience, ni les connaissances pour m'engager dans cette voie. C'est là, au moment où j'avais décidé d'abandonner la partie, qu'une joggeuse est apparue sur le sentier, tête baissée, une fine pellicule de sueur sur ses épaules nues; je me suis écarté pour la laisser passer, elle a levé la tête pour me remercier et, à cette seconde, nous nous sommes reconnus. J'ai cru qu'elle allait poursuivre sa course, mais elle s'est arrêtée, a posé les mains sur ses hanches en disant «bonjour». Elle était essoufflée et gênée, je crois, et, pour le cacher, m'a demandé ce que je faisais. À cet instant, j'aurais troqué des lions dans le parc du Serengeti, des orques et des dauphins danseurs rien que pour avoir la chance de prendre une photo d'elle, alors que je m'efforçais de ne pas la dévorer du regard en lui expliquant que j'essayais de saisir la faune sauvage de la rivière.

Puis nous n'avons plus su quoi nous dire, jusqu'à ce que je m'entende lui proposer d'aller prendre un café ou un rafraîchissement, tout en ayant du mal à croire que c'était moi qui avais prononcé ces mots et non quelque ventriloque invisible. Son coup d'œil à sa montre m'a fait craindre un refus, et je cherchais déjà une issue nous permettant à tous deux de sauver la face quand elle a dit oui et m'a souri – pas un de ces sourires qui la métamorphosaient, mais le genre de sourire neutre qu'on adresse à un inconnu qui nous tient la porte. On était donc assis à la terrasse du Lock Keeper's Gate, elle buvait de l'eau minérale, et on essayait tous deux de trouver un sujet de conversation. Elle n'avait pas sa bague de fiançailles. Peut-être qu'elle ne la portait pas quand elle courait. Ça donnait à réfléchir, en tout cas. Puis la situation s'est détendue, ma nervosité a diminué et nous avons parlé, parlé le temps de deux cafés chacun et de deux tranches de cake au citron. Ensuite, nous sommes retournés au parking, et mon cœur a fait ce que les cœurs sont censés faire en pareille situation, mais qui semble toujours idiot à décrire quels que soient les mots choisis, parce que je savais, quand nous sommes arrivés aux voitures, que j'allais trouver le courage de lui demander son numéro de téléphone. Or le courage n'a jamais été mon point fort.

La photo d'un héron à l'immobilité de statue, celle d'un éclat de couleur flou qui était (peut-être) un martin-pêcheur, ainsi qu'un numéro de téléphone – jamais matinée n'aura été aussi productive. On peut se torturer l'esprit en pensant trop à l'influence du destin ou même d'une simple coïncidence sur le cours de notre vie, mais je crois qu'on n'a rien à y gagner à part le frisson fantasmé d'un rendez-vous manqué ou de routes qu'on n'a pas empruntées. Alors que je roule dans la neige, je vois des individus qui marchent dehors, mais je n'ai aucune idée de leur trajet ou de leur destination. Quel but poursuit cette silhouette en manteau noir passant à pas lents devant les grilles métalliques d'un site industriel ? Où va cette jeune femme longeant une route qui ne semble relier aucune maison ni aucun magasin ? Ces parcours me parlent en silence d'un mystère non résolu au cœur de nos vies quotidiennes et, à un moment, je vois un jeune homme qui ressemble à Daniel et je tourne la tête en le dépassant pour tenter de voir son visage, mais il est dissimulé sous sa capuche. En m'éloignant, je l'aperçois dans mon rétroviseur, je vois mon fils lever la main et baisser lentement sa capuche, puis il n'est plus là et il n'y a pas d'empreintes dans la neige.

Restez sur la file de gauche. Continuez pendant quatorze kilomètres. Écouter la musique. Laisser le rythme et les mots remplir l'espace qui s'ouvre. Robert Wyatt et sa voix anglaise merveilleusement déglinguée que j'aime tant. J'essaie de le suivre à l'intérieur des chansons, je pense aux bateaux qu'on construit alors qu'on pourrait plonger pour pêcher des perles, mais d'autres voix insistantes refusent de se laisser ignorer si facilement. Je me dis que si tout avait été simple avec Lorna, on n'aurait peut-être pas créé de lien assez fort pour durer, mais à tout prendre, j'aurais préféré arriver là où nous sommes par un autre chemin. J'avais été idiot et naïf de croire qu'un échange de numéros de téléphone assurait ou scellait quoi que ce soit ; cela avait peut-être ouvert la voie, mais l'année qui a suivi s'insinue dans mes sens, et rien ne peut en être atténué ou mis de côté. Sa pulsation se communique aux voyants lumineux du tableau de bord, aux feux de freinage de la fourgonnette devant moi, au rythme même de la musique, et me donne envie de dire à la femme du GPS qui me parle de sa voix imperturbable qu'elle n'a aucune idée de ce que nous avons vécu.

Voici donc Johnston Bailey, revendiquant sa place dans cette histoire, l'homme qui lui avait offert la bague et qui, s'il devait surgir devant ma voiture à l'instant même, m'inciterait à appuyer sur l'accélérateur plutôt que sur le frein. Il pense que la bague équivaut à un acte de propriété et n'est pas prêt à renoncer à ce qu'il estime être son droit, et pendant tout ce temps je suis stupéfait que quelqu'un comme Lorna ait pu se lier à un connard pareil, au point de craindre que sa relation avec moi ne procède d'une autre regrettable erreur de jugement, quoique d'un genre différent. Il vient du même quartier qu'elle, et ils ont fréquenté la même école, si bien que dès le début, ce qu'ils ont partagé m'apparaît comme une menace, et je sens que j'en serai toujours exclu. Il est plus ou moins associé dans une entreprise qui loue des bennes, et j'en découvre assez sur lui pour croire qu'il a un lien, au moins périphérique, avec une organisation qui prétend défendre sa communauté, mais l'exploite pour en tirer un profit lucratif, via toutes sortes d'extorsions et de trafics de drogue. Je ne pense pas qu'il soit impliqué directement, mais il me paraît vite évident qu'il connaît des gens qui le sont. Et au début, pour être honnête, Lorna m'a paru salie par sa relation avec cet homme, je ne la comprenais pas, mais mes sentiments pour elle sont devenus plus forts que tout le reste et je sais aujourd'hui que je n'avais pas le droit de porter ce jugement silencieux.

Nous sortons tous les deux, et je ne lui pose jamais de questions sur lui ou sur ce qui s'est passé entre eux, attendant qu'elle soit prête à m'en parler ; il est vrai aussi qu'une partie de moi n'a pas envie de savoir, veut juste vivre dans le présent et profiter du bonheur que je ressens, même si j'ai encore trop peur pour miser complètement dessus. Mais je me rends compte bientôt que quelque chose ne va pas ; à force de regarder des visages, peut-être suis-je devenu plus sensible aux changements et capable de percevoir l'état d'esprit qu'ils reflètent.

Pour finir, je me contente de ce qu'elle veut bien me raconter : qu'il continue de l'appeler sans arrêt, parfois tard le soir quand il a bu, parle de se remettre ensemble, lui dit qu'ils « sont faits l'un pour l'autre » et qu'elle finira bien par l'admettre. Puis il apprend mon existence et les choses tournent mal. Maintenant, il voudrait être remboursé des cadeaux qu'il lui a offerts et des vacances qu'il lui a payées, et quand il commence à la harceler et à la menacer au téléphone, elle bloque son numéro. Elle envisage de prévenir la police, mais sa famille l'en dissuade, sous prétexte qu'elle les mettrait tous en danger parce que pour certains, il n'y a pas de pire crime que de « moucharder ». Tout juste proposent-ils d'essayer de parler à quelqu'un qui pourra peut-être lui dire un mot, le décourager de continuer, mais il faut croire qu'ils ne connaissent personne d'assez haut placé dans la chaîne alimentaire. Ses parents et ses frères me regardent avec un ressentiment à peine voilé, comme si j'étais un parasite et que je n'arrivais pas à la cheville de l'ex de Lorna.

Un soir, après l'avoir déposée chez elle, je roule jusqu'au bout de sa rue, une rue où le dernier pignon s'orne d'une fresque paramilitaire montrant trois silhouettes noires et cagoulées, armées de fusils. Si l'image se veut menaçante, l'amateurisme du dessin affaiblit le message. Je m'apprête à tourner dans la grande rue quand soudain trois types se plantent devant ma voiture. Avant que j'aie pu réagir, l'un d'eux a ouvert ma portière, et je me retrouve pour la première fois face à Bailey. Il doit se pencher pour me parler, si bien que nos visages sont trop proches à mon goût, et il me demande mon nom, alors qu'il sait qui je suis. Je ne le quitte pas des yeux, tout en m'efforçant de localiser les deux autres.

« Je sais qui tu es, dit-il, comme je ne réponds pas. Et il est temps qu'on ait une petite conversation tous les deux. Descends de la voiture. »

Il porte un T-shirt à manches courtes et doit faire de la muscu, mais il a un visage fin et le menton presque taillé en pointe, ce qui donne l'impression qu'il a emprunté le corps de quelqu'un d'autre. Je m'efforce d'avoir l'air décontracté, de dissimuler la peur que j'éprouve.

« Qu'est-ce que tu as à me dire ? » Je ne montre aucune intention de sortir.

« Par ici, les gens n'aiment pas les étrangers. Tu n'as rien à faire là. » Devant mon silence, il poursuit : « Et ta sécurité n'est pas garantie. Tu comprends ce que je te dis ? » Il regarde par-dessus mon épaule et voit l'appareil photo sur la banquette arrière. « Tu bosses pour un journal ? » Lorsque je réponds non, il me dit qu'il va me donner un conseil, à savoir que, dans mon propre intérêt, je ferais mieux de me barrer et de ne plus traîner autour de Lorna. Que les types dans mon genre ne sont pas les bienvenus ici et que je serais bien avisé de déguerpir sans demander mon reste. Quand il se redresse, je referme la portière et appuie sur le bouton qui les verrouille toutes. Et les trois types tapent dans la voiture à coups de pied au moment où je démarre.

Jusque-là, j'avais vécu ma vie sans jamais me bagarrer, sans jamais avoir été menacé ; avouons aussi que je passe plutôt inaperçu – jusqu'au moment où j'ai un appareil photo à la main et où je demande aux gens de me regarder –, raison pour laquelle j'étais assez secoué et je ne savais pas trop quoi faire. J'avais déjà compris qu'impliquer la police serait considéré comme une attitude inacceptable et dangereuse et que, dans cet univers où j'étais tombé, les règles habituelles ne s'appliquaient pas. C'est pourquoi, sur le chemin du retour, en essayant de réfléchir à ma riposte, je me consolais en invoquant des fantasmes où il était question de représailles violentes, avec des armes achetées ou via le recrutement d'un tueur à gages. J'imaginais des scénarios aussi stupides qu'improbables et je tentais de les utiliser pour endiguer la montée de la peur et de l'humiliation, puis la vague de colère soulevée dans leur sillage. Ai-je envisagé un moment de suivre son conseil et de déguerpir ? Je ne crois pas, je ne crois pas l'avoir jamais fait, et je m'en réjouis parce que ça me permet de conjurer une partie de ce cuisant souvenir et de me retrouver dans un endroit, tout précaire qu'il soit, où je peux un instant avoir une meilleure image de moi-même.

Je devais décider d'en parler à Lorna ou de le lui cacher, mais j'ai compris au fil de ma vie que les mensonges mènent le plus souvent au désastre – ce qui explique que les gens mentent sans cesse dans les feuilletons télé, et ce sont ces mêmes mensonges qui à la fin, inévitablement, causent les accidents de voiture. Un accident de voiture peut être fascinant à regarder sur un écran, mais on n'a pas envie d'en faire l'expérience dans sa chair. Lorsque je lui en ai parlé, elle aussi s'est mise en colère, puis elle a paru contrite, comme si elle avait honte de ce qui s'était produit et se jugeait responsable.

Je passe devant une église au toit blanc, où quelqu'un a eu de la chance dans son timing, ou bien une révélation spirituelle et météorologique, vu la grande affiche sur le panneau d'affichage qui proclame : « Si vos péchés sont comme l'écarlate, ils deviendront blancs comme la neige. » Et il est vrai, je crois, même encore maintenant, que si nous ne parlons jamais de cette période, nous avons tous deux le sentiment que nos débuts ensemble ont été entachés par quelque chose qui s'est accroché à nous et dont nous n'avons pas su nous débarrasser.

« On devrait peut-être calmer le jeu, faire un break et voir comment ça évolue, dit-elle, alors que nous sommes assis dans ma voiture à regarder la mer.

— C'est ce que tu veux ? » J'ai peur de la réponse.

« Non, ce n'est pas ce que je veux. »

Je tends la main pour prendre la sienne, et tout mon soulagement passe dans cette simple étreinte.

« J'ai peur, dit-elle. Il est imprévisible, et à le voir réagir comme ça, je ne sais pas jusqu'où il ira. Il connaît des gens. »

La mer s'affole sous le vent, les vagues sont revêches, écumantes, mais on sent une stabilité sous-jacente, comme si tout ce qui arrivait se devait d'advenir. Il y a une île au loin dont j'ignore le nom.

« On devrait peut-être aller y vivre, dis-je en la montrant du doigt, sans ajouter que j'ai peur, moi aussi.

— Je crois qu'on peut s'y rendre à pied à marée basse. Le tout est de ne pas se retrouver coincé. »

Vivre sur une île, coupé de tout ce qui nous veut du mal – ça me paraît l'idéal.

« Qu'est-ce qu'on va faire ? » Déjà à l'époque j'avais besoin d'elle pour me dire ce qui était le mieux.

Elle répond qu'elle ne sait pas, et nous restons tous deux un moment à contempler la mer. Avec le recul, il est toujours tentant de réécrire l'histoire pour se donner un plus beau rôle, mais ce serait mentir que de prétendre qu'à cette époque j'étais autre chose qu'un type paumé, assailli par toutes les peurs qui avaient libre cours dans ma tête. Et bien que je ne sache pas si c'était déjà le cas alors, cette période, quand j'y repense aujourd'hui, fusionne toujours en un fondu pixelisé avec la nuit où mon père a enfumé les chauves-souris pour les chasser de leur abri et où j'ai regardé la colonne noire et compacte émerger du toit puis se fractionner en formes individuelles filant à tire-d'aile.

La mer paraît retomber momentanément dans le calme. La tête noire d'un phoque monte et descend sur l'eau, et disparaît presque à l'instant où l'on comprend ce que c'est.

« Tu ne dois plus venir chez moi. On se retrouvera en ville et je rentrerai en taxi. Dès que j'aurai mis un peu d'argent de côté, j'emménagerai dans un appartement à moi.

— Ça va peut-être retomber tout seul, dis-je. Il va peut-être ouvrir les yeux. Se rendre compte qu'il perd son temps. »

Mais elle ne paraît pas convaincue par ma tentative d'optimisme, et dans le silence qui suit s'engouffrent tous les doutes et les craintes imaginaires qu'une profonde angoisse a le pouvoir de générer. J'essaie de trouver de quoi les dissiper dans le plaisir de sa présence, je regarde ses cheveux, le côté de son visage alors qu'elle fixe la mer, mais je me demande si je pourrai lui voir de nouveau un vrai sourire. J'ai envie de la prendre dans mes bras, mais quand je finis par le faire, je sais que ce sont toutes ces inquiétudes que je serre contre moi, et rien ne paraît en mesure de détendre son corps crispé.

Peu de temps après, en arrivant à mon studio, je découvre que quelqu'un a peint à la bombe et en grandes lettres le mot *Pédophile* sur le volet de la porte d'entrée, et j'ai beau frotter, sous le regard accusateur des passants, impossible de l'effacer complètement. La possibilité qu'on verse de l'essence par une fenêtre cassée pour mettre le feu m'apparaît de plus en plus réelle, mais je n'ai pas les moyens de payer des caméras de surveillance. Tous les matins, en allant au studio, je crains donc de n'y retrouver qu'un tas de cendres fumantes. Et je dis à la femme du GPS qui me parle d'une voix calme et parfaitement modulée que vivre dans la peur est la pire façon de vivre ; la peur obscurcit même les choses les plus lumineuses qu'on essaie de faire, elle est omniprésente et ronge petit à petit tout ce dont on a besoin pour exister. Si bien qu'il arrive un moment où la colère engendrée par ce qu'on subit bout et déborde, et on est soudain prêt à envisager tous les remèdes, aussi désespérés et téméraires qu'ils puissent paraître à l'esprit rationnel qu'on possédait auparavant.

Après le tag, puis des dégradations sur ma voiture et enfin la balle de fusil reçue dans une enveloppe, j'entre dans la phase appelée combat-fuite, or comme je ne peux pas fuir sans perdre Lorna, je me retrouve planté devant la cour de l'entreprise de Bailey, à surveiller les allées et venues, je suis sa voiture à l'heure du déjeuner jusqu'au café, au bureau de paris ou au club de supporters de foot qu'il semble fréquenter. Je commence par des trucs idiots et puérils, tels que commander des bennes depuis des téléphones publics, à livrer à différentes adresses de la ville ; je me dis qu'il s'imaginera en pleine guerre de territoires avec un concurrent, et que ça l'occupera ailleurs. Et je réalise que quand on fait un pas en avant, même un petit pas, l'étau de la peur se desserre un peu. Elle est encore là, mais diminuée, et on s'autorise à moins se considérer comme une victime sans défense, car au bout du compte c'est le sentiment d'impuissance qui nous tue.

Et à chaque petit pas, on acquiert le désir de s'enhardir, parce que blesser ne suffira pas – il doit y avoir un ultime coup fatal. Mais je ne sais pas comment je pourrais le porter sans m'approcher, et je n'ai pas encore ce courage.

Compte tenu de notre héritage historique troublé, j'imagine qu'il existe autour de nous tout un réseau de tueurs et de gros bras travaillant en freelance, auxquels il est fait appel dans les conflits entre trafiquants de drogue, les guerres de territoires entre factions rivales ou les simples règlements de comptes à l'ancienne. Mais ces gars-là ne font pas de publicité dans les journaux ou sur Internet, et je ne connais pas le genre de personnes qui connaissent ce genre de personnes.

Le lent ferment de la haine. Les plans et les chimères. L'entreprise de Bailey opère depuis un préfabriqué installé dans un coin de la cour. Elle ne possède qu'un seul véhicule pour livrer les bennes. Mangé par la rouille à certains endroits, il aurait sa place dans l'une des bennes qu'il transporte. Les affaires ne sont guère florissantes. Les pancartes signalant la présence de caméras de surveillance et de maîtres-chiens ont été achetées en ligne, et j'imagine qu'il n'y a pas grand-chose à voler dans la structure miteuse qui fait office de bureau. Les fenêtres sont protégées par du grillage et, la nuit où j'escalade le mur pour examiner les lieux, il y a assez de lumière pour me permettre de voir les cloques formées par l'humidité sur les murs latéraux et les mauvaises herbes poussant dans la gouttière. Une rangée de bennes jaunes borde le mur du fond de la cour. L'une d'elles est remplie à ras bord de ce qui ressemble à des déchets ménagers, comme si une maison avait été retournée et tout son contenu déversé. Je commence à penser que ce serait l'endroit idéal pour se débarrasser d'un cadavre. Enveloppé dans un vieux tapis, recouvert d'une couche de débris à enterrer dans une décharge. Enterré et oublié. Tout ça, bien sûr, n'est que pur fantasme. Et c'est un crime d'une autre nature qui se produit.

Sans m'en parler au préalable, Lorna va le voir; je n'ai jamais su exactement ce qui s'est passé, ce qu'elle lui a dit, elle refuse d'en discuter encore maintenant, et je me garde bien d'insister. Je ne peux cependant m'empêcher de penser que ça aurait dû être à moi d'agir, et quand bien même ce ne serait que de la fierté masculine blessée, ça picote malgré tout. Je n'en suis pas moins plein d'admiration pour quelqu'un qui a osé l'affronter. Et peut-être que sa fierté masculine à lui est apaisée par l'arrivée d'un nouvel amour dans sa vie. Bien plus jeune, presque aussitôt enceinte, et cette famille toute neuve n'est pas sa seule préoccupation puisqu'il est impliqué dans une sombre affaire de deal et ne tarde pas à fuir en Espagne, où il investit son argent dans un bar. La rumeur dit qu'il serait imprudent de sa part de revenir, et nous l'oublions, mais quand sa mort est annoncée dans la presse dix ans plus tard – un coup de couteau devant son bar, à la suite d'une querelle nocturne avec des gens du coin à propos d'une dette non remboursée –, mon soulagement silencieux est ébranlé par le choc et la peine affichés par Lorna, une réaction que je trouve d'abord stupéfiante, avant de l'accepter comme un signe de la complexité de la vie. Je dis ce qu'il ne faut pas et elle est en colère contre moi pendant plusieurs jours; j'ai presque l'impression que l'ombre de ce type plane encore au-dessus de nous, mais je finis par comprendre qu'être marié à quelqu'un, et aussi proches qu'on soit, ne donne pas un droit de propriété sur les souvenirs de l'autre, ni sur sa vie avant notre rencontre.

J'ai bien roulé pendant un bout de temps, mais quand je dépasse Carlisle et prends la direction de l'est, les conditions se dégradent. De mes précédents voyages, je me souviens que tous les lieux dans ce coin ont l'air de commencer par un H – Haltwhistle, Hayden Bridge, Hexham ; je croise des routes moins bien dégagées et, à en juger par l'aspect du ciel, la neige n'en a pas encore fini avec elles. *Au quatrième rond-point prenez la première sortie et continuez sur l'A69.* Il y a moins de signes de retour à la vie normale, on dirait que les gens par ici se sont mis à couvert pour plus longtemps.

C'est peut-être lié à la proximité des Pennines, et je me réjouis de ne pas devoir m'aventurer plus au sud, vers elles, parce qu'elles ont commencé à prendre dans mon imagination des proportions himalayennes. Et je ne pense jamais aux montagnes et à la neige sans revoir cette photo de George Mallory et de sa femme, les yeux écarquillés et légèrement surpris, comme si une chose inattendue avait traversé leur champ de vision ; un côté de la chevelure de Ruth forme une ombre obscure séparant leurs deux visages, qu'il est facile de prendre pour un mauvais présage. Et il m'est arrivé de regarder quelqu'un à travers mon objectif, et de penser que dans cet instant-là, comme pour les Mallory, le sujet a eu une vision de son avenir. Dans son expédition, Mallory avait emporté une photo de sa femme, qu'il gardait dans la poche de sa veste en tweed et comptait déposer au sommet de l'Everest, et quand on avait retrouvé son corps desséché, dont la peau congelée était aussi blanche que l'albâtre, le cliché avait disparu. J'aime alors à croire que peut-être, contre toute attente, il a atteint le sommet, que le drame s'est produit à la descente, et même si je fais tout pour m'empêcher d'y penser, il m'arrive aussi parfois d'imaginer cette chute – la solidité du rocher qui se dérobe, le plongeon tourbillonnant dans les ténèbres, dans le néant de l'air gelé. A-t-il vu le visage de sa femme dans ces instants fatals, ou n'était-ce qu'une vertigineuse et aveuglante perte de conscience, un anéantissement terrifiant ? Je présume qu'il n'y a plus aucune chance de retrouver cette photo, mais je veux croire qu'elle est encore là-bas, formée de particules de souvenirs et d'amour, existant dans un endroit où le temps ne pourra jamais l'annihiler.

Restez sur l'A69. La voix me ramène au moment présent. J'ai faim, mais je ne suis pas encore prêt à sacrifier du temps de trajet pour puiser une fois encore dans les provisions préparées par Lorna, et comme j'ai mis la glacière derrière le siège du passager, je ne peux plus l'atteindre. J'essaie donc de continuer de rouler, mais la faim est pareille à une démangeaison, qui ne nous lâche plus dès qu'on en prend conscience, jusqu'à ce qu'on soit obligé de la satisfaire, sauf que je ne vois pas d'endroit sûr pour m'arrêter. Elle me redit de *rester sur l'A69*, où je commence à croiser des panneaux indiquant le mur d'Hadrien. Tout au long de l'histoire, des jeunes gens, et maintenant aussi des femmes, se sont recroquevillés pour se protéger du froid ou de la chaleur, se demandant ce qu'ils faisaient là et rêvant de rentrer chez eux. Belfast, la province du Helmand, le mur d'Hadrien. Il paraît que ce mur est devenu une destination populaire pour les randonneurs et, à Belfast, on a su tirer parti de nos troubles passés en organisant des circuits en bus ou en taxi, où les touristes prennent des photos artistiques des fresques et du mur de la paix. Des décennies après que les Allemands se sont débarrassés du mur de Berlin, nous avons encore le nôtre, et je n'ai toujours pas compris pourquoi on l'appelle le mur de la paix, sachant qu'à l'origine, il avait pour but d'empêcher deux communautés vivant côte à côte de s'agresser trop facilement. Aujourd'hui, ce type d'interactions se limite en général à l'envoi occasionnel de projectiles – les balles de golf semblent avoir la préférence, même si je me demande où les gars qui font ça se les procurent, vu qu'ils ne doivent pas être nombreux à s'adonner à ce sport.

Je ne sais pas non plus si nos années de troubles ont servi à quelque chose, et je me félicite de ne pas avoir été celui qui arrivait avec son appareil photo sur chaque scène d'atrocité, tentant de trouver un équilibre entre l'efficacité d'une image et le respect pour l'intimité d'une souffrance individuelle. Mais alors qu'une neige paresseuse se met à tomber, je n'oublie pas que la bonne image a le pouvoir d'influer sur notre conscience. Et je pense au petit garçon échoué dans l'écume sur une plage de Turquie, mort noyé en essayant d'atteindre une île grecque à bord d'un canot en plastique.

Et même si j'ai oublié son nom, je me rappelle le sentiment produit par cette image, et je sais que l'espace d'un instant, aussi court qu'il ait été, elle a changé les choses. Plus que n'auraient pu le faire les mots d'un reporter ou un politicien, parce qu'avec la photographie, il n'y a rien entre nous et le sujet, rien pour aseptiser ou adoucir – nous seuls sommes présents à ce moment-là, aussi près que nous place l'objectif, réduits au silence et à l'immobilité.

Parfois plus près que nous le voudrions, si bien qu'on ne peut échapper à ces enfants vietnamiens courant vers nous, leurs corps brûlés par le napalm, ou au regard égaré du petit Syrien assis, traumatisé, à l'arrière d'une ambulance, et peut-être parce que c'est plus récent, je me souviens qu'il s'appelait Omran.

Je m'arrête devant l'entrée déblayée d'un magasin de vente directe de produits fermiers. D'un côté de la porte, serrés les uns contre les autres, une rangée de sapins de Noël aux branchages blancs, de l'autre, des couronnes de houx parées de boules et de rubans rouges. Une grande pancarte artisanale annonçant « Les affaires continuent » est accrochée au-dessus de l'entrée, message entouré de feuilles de houx dessinées au feutre. Le souvenir des enfants des photos et la neige qui tombe m'ont donné une envie pressante de parler à Luke, à la fois pour vérifier qu'il va toujours bien et pour tenter d'investir tous mes espoirs dans un avenir sûr, épargné par les traumatismes ou par une de ces rencontres fortuites et fatales avec la folie ou le mal à l'état pur – un fou cherchant la bagarre – qui font souvent les gros titres de l'actualité et devant lesquels tous les parents se figent puis cherchent à se rassurer en se persuadant que, statistiquement, il y a peu de chances que ce soit leur enfant. Mais après ce qui s'est passé, je sais que c'est un calcul vain ; et en repensant à la femme à l'école, dans le local sous l'escalier, nous expliquant qu'il suffisait de gagner une fois, je me dis qu'il suffit aussi d'une fois pour tout perdre. Luke met juste assez de temps à répondre pour me laisser le loisir de me torturer en imaginant le pire, de sorte qu'au moment où je prononce mes premiers mots, ils trahissent un mélange d'irritation et de soulagement.

« Tout va bien, Luke ? » Je ne suis pas capable de réprimer le ton pressant de ma voix.

« Ça va. Tu es où ? Il y a un problème ? »

Ce n'est pas de l'impatience que j'entends, mais plutôt un désir de me voir arriver, aussi l'assuré-je que je ne suis plus très loin, à une heure et demie environ si tout se passe bien.

« Comment sont les routes ? demande-t-il, comme il l'a fait la dernière fois que je lui ai parlé.

— Pas trop mauvaises, mais il s'est remis à neiger. Enfin, rien de terrible.

— Il ne neige pas ici, dit-il, et je sais qu'il doit être sur ou dans son lit, les yeux levés vers la lucarne.

— Tu n'as pas froid ? Le chauffage marche dans la maison ?

— Le propriétaire a mis une espèce de programmateur – ça chauffe tôt le matin puis le soir, donc là ça caille un peu. Mais ça va, je reste dans mon lit.

— Ta mère a fait du feu à la maison.

— Je croyais que c'était interdit.

— Elle estime qu'on peut faire une exception à Noël. Lilly et elle font griller des marshmallows.

— Ça ne va pas arranger le père Noël.

— Luke, tu sais pourquoi le père Noël passe toujours par la cheminée ?

— Non, pourquoi ?

— Parce que ça le botte.

— C'est Lilly qui t'a raconté ça ?

— Oui, et d'ailleurs, quand on sera rentrés à la maison et que tu seras guéri, elle voudrait aller faire de la luge avec toi. Tous ensemble. On pourrait aller dans le parc de Stormont. Qu'est-ce que tu en penses ? » Et on dirait que je lui pose une des questions les plus cruciales de ma vie.

« Bien sûr, si la neige n'a pas fondu entre-temps, et j'ai un peu de boulot à faire pendant les vacances. Je dois réaliser un film de cinq minutes sur un lieu particulier et ajouter de la musique.

— Tu as un endroit en tête ?

— Oui, je veux le tourner à Roselawn.

— Roselawn – le cimetière ? » Je ne suis pas sûr d'avoir bien entendu, et tant de choses me montent aux lèvres que je lutte pour les réprimer.

« Il ne faut pas que ça t'inquiète, mais oui, là-bas. Il y a un coin que j'ai repéré, une section séparée de toutes les rangées de pierres tombales. Jamais vu un truc pareil. J'y suis retourné seul et j'ai pris quelques photos. Je te les enverrai si tu veux. C'est une partie du cimetière où les gens ont personnalisé les tombes – c'est vraiment bizarre, il y a des fleurs en plastique, des écharpes et des figurines de foot, tout un tas d'ornements et de décorations sur les branches des arbres. Et plein de carillons éoliens, que je voudrais intégrer à la musique.

— Tu ne trouves pas ça un peu morbide ?

— On n'a pas l'impression d'être dans un lieu dédié à la mort, mais plutôt à la vie que ces gens ont menée. Il paraît rempli de leurs souvenirs. Et je ne te demande pas de m'y emmener.

— Je t'emmènerai.

— Tu es sûr ? Je comprendrais que tu ne veuilles pas.

— Si, je t'emmènerai, lui dis-je, sans feindre l'enthousiasme. Ta mère n'a pas besoin de savoir. »

Il acquiesce, et nous raccrochons. Si bien que le coup de fil dont j'espérais qu'il me rassure sur l'avenir ne réussit qu'à faire naître un tas de nouvelles angoisses. Ce n'est pas un endroit où j'ai envie de retourner, et je suis surpris que mon fils le juge propice à faire son film. Mais j'irai et je veillerai sur lui. Mon père y est lui aussi. Un père qui n'a jamais connu ma femme et mes enfants. Ses mains tremblaient tant à la fin que j'avais envie de les serrer fort pour que ça cesse. Et j'ai le sentiment que tout s'est maintenant mis à trembler, le fin frémissement de la neige tombant lentement à l'oblique, le souffle nonchalant du vent qui débarrasse les branches d'une partie de leur chargement, le frissonnement collectif de l'univers blanc dans lequel je pénètre. *Continuez tout droit.* Tout droit et sans faiblir – c'est ce que je dois faire à présent, en dépit de tout. Rester concentré sur la route visible, ne pas regarder trop loin devant, ni me laisser éblouir par la lumière qui rayonne tout autour de moi. Aux obsèques de mon père, au moment où j'allais sortir dans la rue pour prendre la tête de la procession, ma mère m'a rappelé – la tradition voulait que seuls les hommes suivent le cercueil – et m'a tendu les deux enveloppes que j'avais oubliées. « Pour les fossoyeurs », m'a-t-elle murmuré, et je les ai fourrées dans la poche intérieure de la veste du costume que j'avais acheté la veille et dont j'avais failli oublier d'enlever l'étiquette. La communauté provinciale de ma mère croyait qu'en toutes choses, et en particulier dans la mort, il y avait des rituels et des convenances à observer. Ça m'agaçait, mais j'ai fini par comprendre leur importance, sinon pour les morts du moins pour les vivants.

Il fait toujours froid et gris à Roselawn, on y est exposé à la pluie et au vent, mais c'est peut-être parce que les personnes âgées meurent souvent en hiver. Le pasteur n'en finit pas de parler et je m'impatiente, tout en cherchant à ressentir ce que je devrais ressentir, puis au dernier Amen, je tends les enveloppes aux fossoyeurs, postés légèrement en retrait, appuyés sur leurs longues pelles, et ils se touchent le front d'un geste qui semble venir d'un siècle passé. Aujourd'hui, bien sûr, j'ai une autre raison de ne pas souhaiter retourner là-bas, mais si Luke pense le vouloir, je sais que je dois l'aider, ne serait-ce que pour l'emmener et le ramener, rester assis dans la voiture et l'attendre.

On passe beaucoup de temps à conduire ses enfants et à les attendre, des heures et des heures, et parfois l'attente se transforme en une marche lente. Luke est sorti avec une fille pendant six mois au cours de sa dernière année de lycée, et pour leur permettre de se voir, je devais le conduire dans le centre de Belfast, le déposer puis aller le chercher plus tard dans la soirée.

Ne pas boire entre les trajets, respecter l'interdiction d'arriver une minute plus tôt que l'horaire fixé, ne pas frapper à la porte de la jeune Amber, mais annoncer mon arrivée en envoyant un texto puis attendre qu'il daigne apparaître. J'écrivais toujours « Votre taxi est avancé », et si je pensais que ces trajets de retour à la maison auraient pu être l'occasion de parler, ça n'a jamais été le cas, la plupart se sont déroulés en silence, parce qu'il semblait avoir laissé derrière lui tout ce qui lui occupait l'esprit ou comptait pour lui, et que la conversation n'était qu'une distraction. Certains soirs, je me disais que si j'étais chauffeur de taxi, il se sentirait peut-être davantage obligé de m'adresser la parole.

Un jour, après y avoir réfléchi en allant le chercher chez Amber, j'ai décidé qu'il fallait lui révéler une information me concernant qu'il ignorait, dans l'espoir que la partager créerait un lien personnel entre nous.

« Luke, il y a une chose que je voudrais te dire, si tu veux bien lâcher ton portable une seconde. »

Il sait que cette demande de ranger les portables est toujours le prélude à quelque chose d'important, et bien que nous les ayons bannis à table, nous n'abusons pas de cette requête qui, pour un adolescent, équivaut à quitter le vaisseau mère pour s'éloigner sans attache dans le vide sidéral. Il arrête de scroller et tient le téléphone dans sa main droite. Parfois, quand l'appareil est si proche, je suis pris de l'envie folle de le lui arracher pour le balancer par ma vitre ouverte.

Mais je reste calme et me contente de jeter un coup d'œil à mon fils. Je vois qu'il a commencé à se sentir dûment nerveux.

« Il y a un problème entre maman et toi ? demande-t-il.

— Non, pourquoi ?

— Les parents d'Amber se séparent.

— Désolé de l'apprendre. Elle est très affectée ?

— Elle dit qu'elle s'en fout, qu'ils passent leur temps à se disputer. C'est peut-être mieux comme ça.

— Elle va vivre avec qui ?

— Je ne sais pas. Sans doute avec sa mère. Maman et toi, vous avez déjà envisagé de vous séparer ?

— Si tu écoutais Al Green, tu saurais qu'une de ses chansons que ta mère préfère, c'est "Let's stay together".

— Je ne crois pas que les chansons préférées empêchent les gens de se séparer. Qu'est-ce que tu voulais me dire ? »

L'idée ne me paraît plus si bonne, mais ne trouvant pas de substitut convaincant et voyant qu'il est dans l'état d'esprit « vas-y, dis ce que tu as à dire pour que je puisse retourner à mon portable », je lui parle sans prendre de gants et sans hésitation.

« Il y a quelque temps, j'ai fait une dépression. Au début, je ne savais pas ce que c'était, je me sentais mal et je n'arrivais pas à relever la tête. Ta mère m'a incité à aller chez le médecin, qui a mis un nom sur cette maladie. Ce n'était pas un cas sévère ni rien – sauf que je n'étais pas dans mon état normal. Bref, il m'a donné des pilules faiblement dosées et, quelque temps plus tard, ça allait mieux. »

Il ne dit rien, mais je crois qu'il m'écoute. La façon dont je l'ai raconté ne donne pas la mesure de ce qui s'est produit, ni du message que je veux faire passer. Son portable bipe et, à son crédit, il se contente de baisser une seconde les yeux vers l'écran.

« Et la raison pour laquelle je te raconte ça, c'est

que si un jour tu as l'impression que les choses ne tournent pas rond dans ta tête, tu dois en parler à quelqu'un et ne pas le garder pour toi. Tu comprends ?

Il hoche la tête et, comme le silence retombe et qu'il devient évident que je n'ai rien à ajouter, il regarde son portable puis commence à pianoter. Finalement, les parents d'Amber décident de ne pas se séparer ; la seule rupture survient un mois plus tard lorsqu'elle lui envoie un message pour lui annoncer qu'elle ne veut plus sortir avec lui. Et si les chansons n'empêchent pas les gens de se séparer, quand ça arrive, elles peuvent nous aider en exprimant ce qu'on veut dire, et pendant deux jours, je l'entends écouter en boucle « Last Night I Dreamt That Somebody Loved Me » des Smiths, et Morrissey qui chante la fausse alerte amoureuse. À un moment, je suis tenté de frapper et d'entrer pour essayer de prononcer des paroles réconfortantes, mais je ne sais pas lesquelles, si bien que je passe mon chemin et j'éteins la lumière du palier, ne laissant allumée que celle du porche, la dernière dans la maison, qui brûlera jusqu'au matin.

Lorna pense qu'il s'est lié d'amitié avec une fille de sa fac parce qu'elle est allée fouiner sur sa page Facebook, où elle a vu des photos. Mais comme il n'a jamais parlé d'elle, sa mère ne peut en faire mention sans révéler qu'elle a fouiné. Or il s'agit d'un crime parental que tout enfant estime presque passible de la peine capitale. C'est un mystère pour moi qu'ils veuillent traverser la vie sans surveillance ni contrôle, et laissent pourtant à travers l'espace virtuel une trace semblable à des débris éparpillés, offrant à celui qui en a le temps et le goût la possibilité de la reconstituer comme on réassemble les avions après un désastre. Mais je m'efforce de faire comprendre à Lorna qu'elle devrait s'abstenir, parce que quand ils le découvrent, ils passent tout en mode privé ; les morceaux fragmentés qu'on tente d'assembler ne sont alors pas toujours complets et donnent une impression sans doute déformée, uniquement source d'inquiétude. Je dis à Lorna que si cette fille sans nom devient importante dans la vie de Luke, il nous le fera savoir, et qu'elle ne devrait pas lâcher d'allusions ou poser de questions susceptibles d'éveiller ses soupçons ; nous convenons qu'elle se contentera de lui dire qu'il est libre d'inviter qui il veut à la maison pendant les vacances, qu'on n'y voit aucun inconvénient. Aucun inconvénient, et elle a promis qu'elle ne précisera même pas qu'elle parle d'une fille.

La neige tombe toujours, mais sans enthousiasme, sans conviction, on dirait seulement les reliquats des jours précédents ; par moments, le vent s'en empare et l'oblige presque à faire demi-tour, comme s'il estimait que la terre avait déjà eu son content. J'essaie d'imaginer ce que c'était de vivre enfermé dans un des forts construits dans le mur, ce que ça faisait de se tenir sur les remparts, le visage cinglé par le vent et le grésil, le regard fixé vers l'obscurité lointaine. D'un côté à l'autre – *ça*, c'est un mur. Un jour, j'irai voir à quoi il ressemble – peut-être au retour, après avoir redéposé Luke au début du prochain semestre – parce que je veux comprendre comment on construit un mur, comment on tient l'obscurité à distance. De quoi a-t-on besoin? Pas seulement d'argent, ce serait trop simple, puisque même les riches peuvent être victimes d'invasions, et puisqu'un prêtre français se fait trancher la gorge dans sa propre église, on ne peut pas compter non plus sur la protection divine. J'essaie d'envisager la possibilité que ce soit une question de karma, mais je me retrouve en plein embrouillamini mental en essayant de mettre en équation la relation entre les actions passées et les conséquences futures. Alors que je passe sur une portion de route dont le bas-côté apparaît inexplicablement grêlé et piétiné, comme par un défilé incessant de pas lourds surgis de nulle part et ne menant nulle part, j'entends la voix de Daniel. Et je ne sais pas d'où elle vient, si elle est dans le GPS, dans les espaces entre la musique ou dans les pores de ma peau. Je ne sais pas, et j'ai du mal à l'entendre au début parce que ce n'est qu'un murmure, puis les mots deviennent plus clairs.

Et il parle de Luke, du fait qu'on tue toujours le veau gras pour lui, il demande en quoi c'est juste et pourquoi le plateau de la balance penche toujours du même côté.

Je lui rétorque qu'il n'est pas le fils prodigue. Tu n'es pas le fils prodigue, et c'est toi qui es parti; nous, nous avons toujours voulu que tu reviennes, nous avons laissé la chaîne de sécurité ouverte tous les soirs sur la porte d'entrée, et ta mère réchauffait ton lit les nuits d'hiver, alors n'essaie pas de nous faire culpabiliser à cause de ton frère, parce qu'on ne l'aime ni plus ni moins qu'on ne t'aime toi. Et ça a toujours été le cas, même quand c'était dur et que notre amour n'était pas souhaité, alors n'essaie pas de nous mettre cette culpabilité sur le dos, parce qu'on ne peut pas, on ne veut pas la porter, et qu'on a tenté d'aller vers toi, tu ne sauras ni ne comprendras jamais à quel point, et oui, on aurait dressé un banquet pour t'accueillir, alors cesse de te dire qu'il n'y en a que pour Luke parce ce n'est pas vrai ce n'est pas vrai, et tu ne devrais pas le dire parce que c'est facile de dire des choses blessantes, mais on ne peut pas souffrir davantage qu'on ne le fait déjà, et quand, juste après, j'ai cru que Luke allait sombrer parce qu'il voulait peut-être rejoindre son grand frère nous avons éprouvé la pire peur de notre vie, et ça, c'est la dernière chose que tu nous as donnée après tout ce qu'on t'avait donné, et parfois, je me dis que cette peur sera toujours là, comme si elle avait laissé son empreinte indélébile quelque part au fond de notre ADN et que, quoi qu'on fasse, aujourd'hui ou dans l'avenir, on ne s'en libérera jamais, tu comprends, tu comprends ?

Mais il n'y a pas de réponse, et les murmures laissent place au glissement rapide des essuie-glaces, m'indiquant qu'il ne neige plus. Comme toujours après, je sens un vide glacial dont je veux me débarrasser. C'est peut-être parce que je suis en train d'essayer de me libérer du froid de mes pensées, des souvenirs qui n'aident pas, que je passe devant sans faire attention, avant de prendre conscience, avec un temps de retard, de ce que je viens de voir – des traces de pneus quittant la route, une barrière cassée, des lumières rouges clignotantes. J'arrête la voiture et fixe en vain mon rétroviseur, cherchant la signification de tout ça. Puis j'allume mes feux de détresse, je sors et retourne vers les traces de pneus, pour découvrir qu'une voiture a quitté la route, défoncé une barrière en bois et glissé tout droit dans le fossé bordant la forêt. Il y a une femme à l'intérieur, de mon âge ou un peu plus vieille, et son airbag s'est gonflé, me donnant un instant l'impression que sa tête repose sur un tas de neige. Je commence à descendre tant bien que mal, mais je perds l'équilibre et glisse jusqu'en bas.

Elle tourne très doucement vers moi son visage intact et sourit, presque comme si elle me reconnaissait et m'attendait. Une odeur monte de la voiture – du pot d'échappement, des freins surchauffés ou d'une autre chose qui s'est répandue ou a été trop sollicitée – et se mélange à celle, piquante, des pins.

« Ça va ? lui dis-je, m'approchant et posant la main sur le toit de la voiture après avoir jeté un coup d'œil au capot enfoncé.

— Je crois, mais je ne sens plus ma jambe gauche et j'ai la nuque un peu endolorie. Vous pouvez m'aider à sortir de là ?

— Il ne faut surtout pas bouger. Je vais téléphoner pour obtenir de l'aide. Vous devez rester immobile au cas où vous auriez quelque chose de cassé. Je vais appeler les secours et demander une ambulance. On va vite vous tirer de là. »

Mais j'ai laissé mon portable dans la voiture et, lui recommandant une fois encore de ne pas bouger, j'escalade le fossé, sentant la neige froide contre mes paumes.

« Vous ne me laissez pas, hein ? » s'écrie-t-elle et, arrivé en haut du talus, je l'assure que non, que je passe le coup de fil et que je reviens aussitôt.

En courant vers ma voiture, mes pieds écrasent

la neige gelée et s'enfoncent par moments sous la surface, si bien que j'essaie d'aller plus vite, de me faire plus léger, mais alors que je me rapproche la neige paraît ne plus vouloir porter mon poids et je finis par courir sur la route, éclaboussant de l'eau à chaque foulée. J'attrape mon téléphone, je m'assure que j'ai encore du réseau et j'appelle. Mais je ne sais pas exactement où je me trouve. La femme au bout de la ligne se montre patiente, me demande le dernier lieu dont je me souviens, et je dois vérifier sur le GPS avant de pouvoir lui donner une réponse. Ils seront là aussi vite que possible, puis je prends mon manteau et une bouteille d'eau, je sors le sac de couchage du coffre et retourne sur mes pas en courant. Ça a beau être égoïste, la conscience que je retarde le moment d'arriver auprès de Luke s'insinue dans mon inquiétude pour la femme.

Il n'y a pas de moyen efficace ou digne de redescendre la pente ; le plus simple est de s'asseoir et de glisser jusqu'en bas.

« Merci, dit-elle, comme si elle pensait que j'aurais pu filer.

— Comment vous sentez-vous ?

— Pas trop mal. Mon genou est un peu douloureux, mais j'ai l'impression que je n'ai rien de cassé.

— J'ai contacté les urgences et ils arrivent au plus vite. Vous vous appelez comment ?

— Rosemary.

— Moi, c'est Tom.

— Enchanté, Tom.

— Que s'est-il passé ?

— Je crois que j'ai pris le tournant trop vite puis freiné trop fort. La voiture est partie toute seule et m'a emmenée faire un tour dans le bois. Parfaitement idiot de ma part.

— Ça aurait pu arriver à n'importe qui – vous n'avez pas eu de chance, c'est tout. Les conditions ne sont pas idéales.

— J'aurais dû faire plus attention, ne pas me presser comme ça. Et si près de Noël – ce n'est pas le moment d'avoir un accident.

— On ne choisit pas la date de nos accidents, lui dis-je, et elle me regarde comme si elle me voyait pour la première fois.

— Vous n'avez pas l'accent d'ici. Vous êtes écossais ?

— D'Irlande du Nord. Je vais chercher mon fils pour le ramener à la maison – il est à la fac à Sunderland. Je suis venu en ferry ce matin et referai la traversée ce soir. On a eu peur qu'il ne réussisse pas à trouver de vol pour rentrer.

— Je suis désolée de vous retarder. Vous avez un long voyage devant vous.

— Ne vous en faites pas pour ça », lui dis-je, et c'est moi qui la regarde pour la première fois.

Elle a les yeux bleus, dont la couleur semble avoir été délavée par le temps ou par les aléas de la vie. Ses cheveux, coupés en un carré court, sont teints en blond, mais parsemés de fines mèches grises, et son visage paraît lutter un peu contre la marche des années. Mais c'est un visage plein de bonté et de vivacité, de sorte qu'il est facile de l'aider. Ses mains levées donnent l'impression qu'elle se rend, ou bien invite les arbres à venir vers elle.

« Vous croyez que la voiture est bonne pour la casse ? demande-t-elle.

— Je le crains, en effet. » Je regarde le capot défoncé qui par moments émet un craquement, ou une sorte de gémissement mécanique, comme s'il essayait à grand-peine de s'étirer pour reprendre sa forme originelle.

« Ce sera la seule bonne chose qui sortira de tout ça, parce que je l'ai toujours détestée. » Mais son sourire se transforme soudain en grimace, et elle ferme les yeux brièvement. Je sais qu'elle souffre.

« Ils vont bientôt arriver », lui dis-je. Je tourne la tête vers la route dans l'espoir d'entendre le son pour une fois bienvenu d'une sirène.

« Je me sens un peu somnolente, et ce n'est pas bon, n'est-ce pas ?

— Non, alors continuez à me parler, Rosemary. »

Je pose délicatement le sac de couchage zippé autour de ses épaules et, voyant qu'elle a de nouveau les yeux fermés, je m'accroupis près d'elle à côté de la portière ouverte et lui demande où elle se rendait au moment de l'accident. Je n'arrive pas à me souvenir des gestes de premiers secours qu'on est censé faire dans ce genre de situation. J'ai beau me creuser la tête, rien ne revient, je ne sais pas si je devrais lui donner à boire puis décide qu'il ne vaut mieux pas.

« Je me rendais à la salle paroissiale pour aider à la préparer pour ce soir. C'est l'office de Noël, et la chorale de notre école y participe. Je suis enseignante. Il fallait sortir les chaises et disposer les photocopies des cantiques. Quand on est prof, il y a toujours des chaises à sortir. Dans mon coffre, j'ai un carton de houx et de décorations à accrocher. Est-ce qu'une prof a le droit de jurer ? »

Quand je lui réponds oui, elle lâche plusieurs fois le mot « merde », qui semble porté par un flot de rage et de frustration, puis elle s'excuse, mais je me réjouis que ces émotions l'aient réveillée. Un silence s'instaure, nous observons les arbres et les plumets de neige tombant de leurs branches au moment où le vent les agite.

Les arbres sont soudain saisis par une immobilité froide qui semble absolue et paraît vouloir nous atteindre.

« Vous pourriez appeler quelques personnes pour moi ? » me demande-t-elle. Quand je sors mon portable, elle ajoute qu'elle ne connaît pas les numéros par cœur et que je dois utiliser le sien. « Il est dans ma poche de votre côté, si vous voulez bien l'attraper. »

Je glisse délicatement la main dans sa poche et l'explore jusqu'à trouver le portable. L'écran s'allume sur une photo d'elle en compagnie de deux jeunes femmes dont la ressemblance me laisse penser qu'il s'agit de ses filles. Leurs têtes se touchent presque, leur affection et leur bonheur les rapprochent, et pour la première fois je me dis qu'un selfie peut être une bonne chose. Elle me donne son code d'accès, je vais dans ses contacts, trouve le premier nom désiré, puis je tiens le téléphone tout près d'elle pour lui permettre de parler dedans. Elle s'adresse à une collègue et lui explique qu'elle a eu un accident, dont elle minimise la gravité, mais ajoute qu'on l'emmènera sûrement à l'hôpital par précaution et qu'elle va essayer de trouver quelqu'un pour apporter les feuilles de chants. En s'excusant plusieurs fois. Après quoi elle me demande d'aller dans ses favoris et d'appeler sa fille Emily, mais elle est sur messagerie et Rosemary ne laisse pas de message.

« Emily est infirmière et sans doute de service. Je n'ai pas envie qu'elle me voie arriver à l'hôpital sur un brancard sans avoir été prévenue. Qu'est-ce que je dois faire ?

— Je vais téléphoner à l'hôpital, lui dis-je. Et insister pour lui parler. »

Je cherche le numéro, et alors que je le compose, un vent plus fort balaie les arbres et libère davantage de leur parfum. J'écoute un serveur vocal essayer de me diriger vers le bon numéro et je suis un peu perdu, parce qu'aucune des options ne semble offrir la possibilité de prévenir une infirmière que sa mère a eu un accident. Rosemary, anticipant ce qui se passe, me dit de fouiller de nouveau dans sa poche, pour y prendre son portefeuille cette fois. Dedans se trouve une carte avec la ligne directe du service où doit se trouver Emily. Avant que je compose le numéro, elle prononce mon nom et, en levant les yeux vers elle, je vois qu'elle se retient de pleurer, et elle me demande si je veux bien expliquer la situation à sa fille, mais en essayant de ne pas l'effrayer. Si elle lui parle elle-même, elle risque de fondre en larmes, dit-elle, et elles seront l'une et l'autre dans tous leurs états. Je l'assure que je comprends et je passe l'appel. Au bout d'environ deux minutes d'attente, Emily prend la communication.

« Bonjour, Emily, dis-je, j'appelle de la part de votre mère. D'abord, je précise qu'elle va bien, elle va bien et ne devra sans doute faire qu'une visite de contrôle. Elle a eu un petit accident de voiture – non, ça va, tout ira bien. Elle a un peu mal à la jambe, mais pense que c'est sans gravité. Nous attendons l'arrivée des secours. Oui, je suis avec elle. »

Lorsque je regarde Rosemary, elle hoche la tête comme pour me faire comprendre que je m'en sors bien, puis elle me fait signe d'approcher le téléphone.

« Bonjour, Emily, dit-elle d'une voix soudain gonflée de gaieté. J'ai été étourdie et j'ai envoyé la voiture dans le décor. Non, je vais bien. Je me suis juste tordu le genou et je voulais te prévenir avant que tu me voies arriver dans un fauteuil roulant. J'imagine que s'ils m'emmènent aux urgences, je poireauterai pendant des heures avec toutes ces pauvres personnes âgées qui ont glissé en s'aventurant dehors. Au moins, je n'aurai pas à supporter tous les ivrognes de la nuit. Non, inutile d'inquiéter Julia en l'appelant. Je lui téléphonerai quand j'aurai vu quelqu'un à l'hôpital et que j'aurai quelque chose à lui dire. Oui, d'accord, et tu pourras peut-être descendre me faire un coucou pendant une de tes pauses. D'accord, Emily, et ne te tracasse pas – j'aurai encore largement le temps de préparer notre dinde. »

Avant que je remette le téléphone dans sa poche, elle me fait entrer mon numéro dans ses contacts afin de pouvoir me remercier, même si je l'assure que ce n'est pas nécessaire. Et quand je lui redemande comment elle se sent, elle me répond que son genou lui fait mal, mais que ça aurait pu être tellement plus grave qu'après tout elle a sans doute eu de la chance. Je me souviens que j'ai failli continuer ma route sans m'arrêter, concentré comme je l'étais sur le monde à l'intérieur de ma tête, mais je ne dis rien. Elle m'interroge sur Luke et les études qu'il suit et, pour faire simple, je lui laisse croire qu'il est notre seul enfant, puis je l'incite à parler de ses filles, conscient qu'elle ne m'a pas demandé de prévenir un quelconque conjoint.

« Emily travaille à l'hôpital depuis deux ans. Ça lui plaît, mais c'est fatigant et elle ne sait pas combien de temps elle y restera. Elle déteste être affectée aux urgences – pas assez de médecins de garde, pas assez de lits et trop d'ivrognes qui encombrent le système. Un jour où elle devait faire une prise de sang à un type, il s'est plaint qu'elle avait taché sa chemise griffée. Elle parle parfois d'aller travailler à l'étranger, mais c'est compromis à cause du Brexit, du moins en ce qui concerne l'Europe.

— Si vous voulez mon avis, ça compromet les perspectives de tous nos enfants, dis-je.

— Le Nord-Est a voté massivement pour le retrait – à soixante et un pour cent à Sunderland. Newcastle s'est prononcé pour le maintien à une courte majorité. J'étais effondrée.

— L'avantage de vivre en Irlande du Nord, c'est que nous aurons des passeports irlandais. Ça nous permettra au moins de voyager librement. Et votre autre fille ?

— Julia est en stage – rémunéré, Dieu merci, même si ça ne va pas très loin – dans un magazine de mode à Londres. Elle doit rentrer demain. Je veux être là pour elle, je n'aimerais pas qu'elle arrive dans une maison vide. Vous n'appelez pas Luke pour le prévenir que vous avez été retardé et lui dire que je suis désolée ? »

Je réponds que je vais le faire, mais j'attends un peu, pour ne pas risquer qu'elle entende l'agacement de mon fils. Ni elle ni moi ne voulons que nos enfants se retrouvent dans des maisons vides et, l'espace d'une folle seconde, je suis pris de l'envie de tout raconter à cette inconnue, de faire de ce fossé qui mène à un bois silencieux mon confessionnal, parce que sans la connaître, je la crois capable de comprendre et je pense que la pénitence qu'elle proposerait s'accompagnerait d'une possibilité de pardon. À tort ou à raison, dans ce moment suspendu et gelé où nous attendons tous les deux que survienne l'avenir, j'ai le sentiment que rien ne nous sépare. Jamais plus nous ne serons ici, et les mots prononcés, quels qu'ils soient, seront absorbés dans les espaces silencieux et enneigés qui relient les arbres. Je me souviens du vieux film muet, en noir et blanc, sur l'expédition Mallory, et d'un des derniers cartons, qui dit que ceux qui ont vécu au cœur de la nature et y ont trouvé la mort ne peuvent rêver mieux qu'une tombe de neige immaculée. Si seulement je pouvais déposer la chose dans la blancheur immaculée de cette tombe de neige. Cette pensée me fait frissonner. Je regarde Rosemary, qui me renvoie mon regard.

« Ça va, Tom ? Vous avez l'air d'avoir froid.

— Je ferais peut-être mieux d'aller attendre sur la route pour qu'ils sachent où nous sommes, dis-je, parce que j'ai peur des mots qui attendent sur mes lèvres.

— Ne me laissez pas seule, dit-elle, s'il vous plaît, ne me laissez pas. »

Elle tend la main, et j'ignore si c'est ce qu'elle avait en tête, mais je la prends ; au début, le toucher est froid, avant que la chaleur se propage peu à peu. Puis nous nous lâchons et, un instant, je crois entendre une ambulance approcher, mais je me trompe et soudain, je la vois sourire.

« Qu'est-ce qu'il y a de drôle ?

— C'est idiot, vraiment idiot, mais la chorale devait chanter un nouveau morceau ce soir. On répète depuis des semaines parce qu'il est assez retors, et ce n'est même pas un cantique. C'est une adaptation du poème de Robert Frost "En s'arrêtant près des bois un soir de neige" – vous savez, celui qui dit :

Je crois savoir à qui sont ces bois.
Pourtant sa maison est dans le village ;
Il ne me verra pas m'arrêter là
Pour regarder ses bois se couvrir de neige.

» Et ça finit :

Les bois sont ravissants, sombres et profonds,
Mais j'ai des promesses à tenir,
Des lieues à parcourir avant de dormir,
Des lieues à parcourir avant de dormir. »

Je hoche la tête, parce que même si je suis incapable de le réciter comme elle vient de le faire, il est logé quelque part dans ma mémoire depuis l'école primaire.

« Quand je l'ai choisi, je n'imaginais pas que je finirais par le vivre, dit-elle, et elle lâche un petit rire où l'on perçoit une dureté sous-jacente. La vie nous joue de ces tours. Au moins, ça me fera un sujet de plaisanterie. »

Puis elle tressaille, comme si le rire avait déclenché un nouvel élancement de douleur. J'entends une sirène – encore lointaine, mais cette fois je suis sûr de l'avoir entendue – et je lui dis qu'ils arrivent.

«Je me sens tellement idiote. Je vais être très gênée quand ils seront là.»

Et alors qu'elle expire à nouveau longuement, je lui dis qu'il ne faut pas, que ça aurait pu arriver à n'importe qui, et je lui décris ma première tentative de départ pour ce voyage. Les sirènes se rapprochant, je la convaincs que je devrais remonter sur la route pour les guider, et elle hoche la tête. J'escalade donc une fois encore la pente, marchant dans la neige piétinée qui garde la trace de mes pas, et j'atteins la route à temps pour faire signe à l'ambulance. Un camion de pompier la suit de près et soudain, toute une troupe d'hommes et de femmes descend le talus vers la voiture. Les ambulanciers interviennent les premiers, ils évaluent ses blessures, me posent quelques questions, puis lui mettent une minerve, et j'entends deux pompiers dire qu'ils n'auront sans doute pas besoin d'utiliser le matériel de découpe, mais qu'ils ne pourront pas treuiller le véhicule tant qu'elle se trouvera à l'intérieur. D'incessants messages arrivent sur leurs radios, et les gyrophares du camion projettent des ombres bleues sur la neige. Une civière apparaît et, au bout de dix minutes environ, une fois le premier examen terminé, les ambulanciers commencent à l'extraire de la voiture et l'étendent sur la civière, que les pompiers hissent sur leurs épaules avec précaution et délicatesse pour la remonter à pas lents. Elle me lance un merci en passant devant moi, je lève la main en signe d'adieu, puis ils l'installent à l'arrière de l'ambulance et la voilà partie. Je réponds encore à quelques questions posées par des policiers arrivés entre-temps, leur donne mon nom et mon adresse, et au début ils croient que j'ai été témoin de l'accident, avant que je leur explique. Et oui, leur dis-je, je suis en route vers Sunderland pour aller chercher mon fils étudiant et le ramener à la maison. Ils me remercient pour mon aide, me souhaitent bonne chance, et je suis libre de repartir.

Des lieues à parcourir avant de dormir et du temps à rattraper, pourtant l'image de sa voiture après sa plongée dans le fossé me coupe tout désir d'accélérer. J'espère qu'elle va bien, qu'elle ne sera pas obligée de passer Noël à l'hôpital et que sa fille n'arrivera pas dans une maison vide. C'est idiot, mais je me dis que j'aurais dû proposer d'aller déposer les feuilles de chants, parce que maintenant plus que jamais il me paraît capital de tenter de bien agir, et peut-être que le bien, c'est la somme de toutes les petites choses positives qu'on peut faire dans une vie. Mais une autre voix m'assure que livrer des feuilles de chants ne constitue en rien un pas significatif vers une quelconque forme d'expiation ; ce n'est qu'une diversion par rapport à ce qui compte vraiment, à savoir ramener mon fils en sécurité à la maison.

Je veux comprendre ce qui a poussé Daniel à s'approcher toujours plus près du bord. Quand je refais ce voyage, j'essaie de trouver un chemin différent et non balisé, de m'engager dans une nouvelle direction, guidé par l'espoir de finir avec de meilleures réponses. Je fais taire le GPS parce que cette portion de route est droite et dégagée, que je ne veux pas entendre sa voix, je ne veux pas qu'elle écoute au cas où je serais capable de dire certaines choses, et parce que peut-être, si je me concentre vraiment, c'est la voix de Daniel que j'entendrai et non pas la sienne, et que nous pourrons, ne serait-ce qu'une fois, nous parler comme un père et son fils ou du moins comme nous ne l'avons jamais fait. Remontons le temps, remettons la voiture de Rosemary sur la route, repartons de zéro, d'une plaque encore vierge, juste avant que les images y soient imprimées de manière indélébile. De cet instant tapi sous la surface des choses et avant qu'elles surviennent.

Il nous a toujours pris de court, né l'année même de notre mariage ; ce n'est pas facile à dire et ça n'a jamais dépassé le stade de la pensée silencieuse, mais il y a eu des moments où je me suis demandé si j'étais bien son père, parce que mon imagination angoissée est capable d'échafauder un tas de mauvais scénarios, impliquant tous Johnston Bailey. Et peut-être que j'ai tenté d'utiliser ça comme une échappatoire, une manière d'abdiquer ma responsabilité. Parce que si c'était vrai, il serait possible de rejeter la faute sur la génétique, sur une prédestination alternative inscrite dans l'ADN. Mais c'est une pensée minable, qui me fait tellement honte qu'en guise de punition, j'ouvre la vitre pour recevoir le coup de fouet de l'air froid, et je parcours ainsi une certaine distance avant de refermer la fenêtre. Et parfois, je pense à Joseph, le futur père d'un enfant qui n'est pas de lui. Il a renoncé à comprendre ce que lui a raconté sa femme, vu que ses paroles n'ont aucun sens, mais après que l'Ange lui est apparu en rêve, comment peut-il prêter foi à ce dont il se souvient à la lumière froide du jour, sans se demander s'il n'a pas seulement imaginé ce qu'il voulait entendre ? Marie devient donc l'héroïne, un objet sacré de vénération, tandis que Joseph disparaît à jamais dans l'ombre. Malgré tout je me souviens que l'histoire le décrit comme un homme bien, et quoiqu'on n'ait aucun moyen de savoir s'il était un bon père pour l'enfant qui n'était pas pleinement le sien, je pense qu'il devait l'être, même s'il a fini par croire aux paroles de l'Ange, abdiquant du même coup toute idée de chair de sa chair. Par conséquent, j'estime qu'on devrait, dans la mesure du possible, le faire sortir de l'ombre et lui donner une place dans cette célébration d'un enfant né dans une crèche, faire briller en son honneur certaines des lumières qui décorent nos maisons.

Daniel refuse pendant si longtemps de venir au monde que le médecin pense devoir opérer ; à croire que la perspective du scalpel est la seule chose qui lui ait jamais fait peur, il apparaît presque aussitôt. Les cheveux et les yeux noirs, les poumons en état de marche, comme il nous le fait très vite savoir. Les infirmières en plaisantent tout en le lavant, puis le déposent contre Lorna, qui s'oppose avec raison à ce que je la prenne en photo et s'agace de mon manque de délicatesse.

« Je ne veux pas de photo de moi avec cette tête à faire peur, me dit-elle. Il y aura tout le temps après. Et pourquoi tu ne le regardes pas avec tes yeux, pour une fois, et non pas à travers l'objectif ? »

Quelques minutes plus tard, elle me le donne, et j'éprouve l'inexplicable trouble que l'on ressent au contact de son premier-né, en s'efforçant de comprendre quel lien nous unit et quel rôle on a joué dans sa conception. De sorte que si un ange devait apparaître et dire cet être que tu tiens dans tes bras vient du Saint-Esprit, ça ne me paraîtrait pas plus fou que le reste en cet instant. Mais regarde-le avec tes yeux. Il a les joues rondes et de petites pupilles sombres, la peau chiffonnée tel du papier mouillé, le visage comme emballé sous film plastique. Le plus incroyable, ce sont ses mains, de parfaites sculptures modelées dans l'argile encore humide, si bien que quand j'en touche une, j'ai peur qu'elle fonde et se déforme, mais alors ses doigts se referment sur le mien, et je n'ai jamais rien ressenti de comparable ni avant ni depuis. Il est né en juillet, la saison des marches et des roulements de tambour, des querelles pour savoir à qui appartient telle ou telle rue et des immenses feux de palettes et de pneus libérant des fumées toxiques. Quand je quitte l'hôpital, tard ce soir-là, l'air est chargé d'une fumée âcre qui se dépose au fond de la gorge et le ciel marbré de volutes noires qui me rappellent des souvenirs que je ne veux pas voir envahir le moment présent. Des sirènes de pompiers mugissent en filant dans les rues, et entre des maisons près de Sandy Row, j'entrevois une seconde l'agitation d'une flamme jaune et bleu dont le frémissement se projette sur les silhouettes de plus hauts bâtiments. La ville devient un théâtre d'ombres géant où des images ondulantes s'impriment sur des façades, et bien que l'occasion soit censée être festive, il ne s'en dégage pas moins un sentiment de menace qui me pousse à verrouiller les portières de la voiture. Et j'espère que mon fils est en sécurité dans les bras de sa mère, loin de ces bruits et des substances cancérigènes montant en spirale des pneus calcinés et des haines recuites.

Il y a des photos, bien sûr, plus que nous n'en avons pris de nos deux autres enfants, parce que c'est toujours comme ça avec le premier. Tout doit être consigné en une chronique de son évolution, comme si le moindre moment manquant risquait de laisser un vide dans notre mémoire parentale, mais je ne les regarde presque plus, et les différentes phases se sont brouillées au point que je ne peux plus distinguer où chacune commence et se termine. Tous les inévitables clichés apparaissent dans ces photos – les bougies d'anniversaire soufflées ; les premiers pas maladroits dans la mer ; le jour de la rentrée scolaire, posant devant notre porte, la lunch-box en plastique dans les mains. Un enfant brillant, naturellement plus intelligent que ne le sera jamais Luke, et qui réussissait très bien à l'école, jusqu'à ce qu'un peu d'application soit nécessaire en plus de ses facilités. Et je ne peux pas me représenter Daniel sous les traits de cet enfant sans le libérer de la forme d'immobilité qu'il a désormais trouvée, pour le remettre en mouvement. Je le vois grimper, toujours dans les airs : les barreaux du lit de bébé n'ont été qu'un défi facile, puis il y a eu les arbres, les toits, le pavillon du parc sur lequel il avait inscrit son nom, et un jour, en vacances, le pont au-dessus de la voie ferrée près de l'endroit où nous résidions. Et Lorna me dit qu'on ne peut pas punir un enfant parce qu'il n'a peur de rien, aussi notre inquiétude se teinte-t-elle d'une fierté muette, mais si j'ai la possibilité de revenir en arrière, je lui dirai qu'il n'est pas bon de ne pas avoir peur, que c'est dangereux de ne ressentir aucune crainte. Parce que c'est ça qui l'a rendu téméraire sa vie entière. Je lui dirai qu'il a tort de tant se fier aux aléas immatériels de l'air, aux caprices imprévisibles de l'équilibre. Et d'où est-ce que ça vient? Sa mère n'est pas comme ça, quant à moi, je déteste le risque et suis tourmenté depuis quelque temps par un rêve récurrent dans lequel je marche sur un lac gelé, m'attendant à ce qu'il craque à chaque pas.

« Alors d'où ça vient, Daniel? » J'ai beau lui poser la question, il ne peut pas davantage apparaître sur commande que se plier à ma volonté ou à celle de quiconque. Et ne demeure plus que le son de la neige fondue sous les roues de la voiture et les fines éclaboussures de la fourgonnette blanche devant. D'abord hésitant à actionner les essuie-glaces, je scrute un instant le monde à travers le pare-brise moucheté. Puis je le dégage pour voir un tracteur dans un champ et un fermier qui lance du fourrage depuis la remorque. Au journal télévisé local, il y a eu des reportages sur des éleveurs recherchant leurs moutons disparus, des types endurcis, aux visages ridés et burinés, soudain confrontés à une perte manifestement plus qu'économique. L'un d'eux retrouvait une brebis, qui avait réussi à survivre dans une congère contre un mur de pierre grâce à la présence d'une poche d'air; son chien excité aboyait en bondissant autour de lui pendant qu'il maniait la pelle puis, dans un ultime effort, libérait la tête noire et perplexe de la brebis. Si j'avais été un meilleur père, j'aurais retrouvé mon fils à temps et je l'aurais tiré de là. Voilà ce que je sais et que je ne peux pas effacer, malgré mon désir de le faire. Des corbeaux planent avec lenteur au-dessus du tracteur, dans l'espoir de glaner quelque nourriture. Où ces chauves-souris fuyant notre fumée et s'égaillant en une masse noire dans l'air nocturne ont-elles trouvé refuge ? Le battement de leurs ailes s'est mêlé aux volutes qui marbraient le ciel le soir de sa naissance, alors que je m'éloignais de l'hôpital, mais je sais maintenant que ce n'était pas le cas sur le moment ; c'est seulement après ce qui s'est passé que les deux événements se sont entrelacés. Et c'est une des plus grandes difficultés que je rencontre en essayant de réfléchir, parce que le temps ne reste plus en ordre chronologique comme les photos que j'ai prises pendant son enfance, mais saute d'avant en arrière, des événements ultérieurs paraissent annoncés par d'autres plus anciens dont je n'ai pas pris conscience dans l'instant, parce que je cherche toujours une logique à plaquer sur le chaos. Sans parler du processus de retouche interne qui est à l'œuvre, visant à effacer certaines choses, parce qu'elles brûlent comme une coupure faite avec une feuille de papier chaque fois qu'on laisse son esprit les toucher, tandis que d'autres se voient revêtues d'une signification qu'elles n'ont sans doute jamais eue, parce que le souvenir nous permet de prétendre avoir bien agi ou de rejeter la faute ailleurs.

Ni Lorna ni moi n'avons jamais rejeté la faute sur l'autre ; nous partageons le fardeau de manière équitable et nous en déchargeons même parfois temporairement quand il devient trop lourd. Nous disposons de petits enchaînements de répliques, presque semblables à un script appris, servant de cordes de sauvetage pour nous aider à ne pas sombrer. Car il n'est pas question de sombrer puisque nous devons nous occuper de Lilly et de Luke. Mais il y a aussi des moments où les cordes n'arrivent pas jusqu'à nous, et nous tombons dans un rituel où nous rivalisons presque d'autoaccusation, puis tentons d'échapper à l'endroit où ça nous mène en trouvant d'autres choses, d'autres personnes à incriminer. Pour moi, ce sont les pires moments, parce que je me retrouve à lui faire écho, alors que je sais que si j'étais quelqu'un de meilleur, une personne plus forte, je lui dirais la vérité et j'en assumerais les conséquences, sauf que c'est impossible parce que j'ai déjà trop perdu et que je ne peux pas risquer de perdre davantage.

Je passe devant des arbres saupoudrés d'une fine pellicule de neige, comme si, d'un simple mouvement, ils s'étaient débarrassés des chutes plus importantes ; devant des enfants qui font de la luge dans un champ et polissent leur chemin préféré en descendant la pente jusqu'à le faire scintiller ; devant un camion garé sur le bas-côté, dont le moteur exhale des vapeurs ondulantes, tandis que des tas de neige fondent sur sa carrosserie. Et je me dis que je le ferai après Noël ; quels que soient les risques je dois le faire, essayer de trouver les bons mots pour qu'elle puisse ne serait-ce que comprendre que quoi que j'aie fait, je l'ai fait parce que je croyais bien faire, que je voulais seulement nous protéger tous. Mais la perspective m'effraie, et je ressens le besoin de parler à Luke, de savoir qu'il va bien, de lui dire que je suis en route, que le plus dur est peut-être derrière moi.

Il répond sur-le-champ et veut savoir si ça va,

alors je panique une seconde et me demande s'il est capable de deviner mes pensées et mes sentiments.

« Tout va bien, lui dis-je. J'ai été retardé à cause d'un accident, mais je suis toujours en chemin.

— C'était grave ?

— Pas trop, quelqu'un a quitté la route et fini dans le fossé.

— Les routes sont encore mauvaises, alors ?

— Les principales sont bien dégagées et la circulation a transformé la neige en gadoue, mais les routes secondaires paraissent encore très difficiles.

— Tu vas rester sur les principales, non ?

— Oui, jusqu'au bout. Tu te souviens du jour où tu m'as demandé pourquoi la côte s'appelait la côte alors que ça ne montait pas ?

— Non », répond-il, et comme le ton de sa voix suggère que j'ai inventé l'histoire pour me moquer de lui, je n'insiste pas.

« J'ai écouté le CD des Great Lake Swimmers que tu m'as offert pour mon anniversaire, et j'aime beaucoup.

— Tant mieux. Content que ça te plaise.

— Et toi, comment tu te sens ?

— Pas trop mal. J'ai hâte d'être à la maison, mais pas de prendre le bateau. J'ai peur de dégueuler. Ça secouait, à l'aller ?

— Non, une mer d'huile. Tout ira bien.

— Bon, tu seras là dans combien de temps, tu crois ?

— Environ une heure. Reste au chaud et je t'enverrai un message en arrivant », dis-je. Je suis à deux doigts d'ajouter « comme quand j'allais te chercher chez Amber », mais je m'abstiens. « Et appelle ta mère, Luke, dis-lui que je ne suis plus très loin et que tu te sens un peu mieux. Et tu seras content d'apprendre qu'elle m'a donné tous les médicaments et sirops de la maison pour toi.

— J'ai déjà reçu mes instructions par SMS.

— Dans les moindres détails, sans aucun doute. »

Cet agacement feint et partagé face au maternage insistant de Lorna crée entre nous une impression de proximité, même si dans le fond, nous lui en sommes reconnaissants car c'est ce qui nous protège. J'accélère un peu après avoir raccroché, dans la limite de la sécurité, et je me demande de quoi nous parlerons sur le trajet du retour ; je me demande aussi si nous parlerons un jour de Daniel. Nous ne l'avons jamais fait, et je ne sais pas si ce serait une bonne ou une mauvaise chose de provoquer cette conversation, puis je décide que j'aurais tort de la lui imposer : mieux vaut attendre qu'il soit prêt à parler, quel que soit le temps que ça prendra. De toute façon, je ne sais pas non plus ce que je dirai, comme je n'ai pas su quoi dire cette nuit où il s'est retranché dans sa chambre après la rupture avec Amber, et je dois être sûr de moi avant de me lancer. Le fait de ne jamais savoir ce que pense Luke n'aide pas ; après, il s'est encore plus refermé sur lui-même, en surface il semblait presque détaché des événements extérieurs qui nous affectaient, et lorsque nous lui demandions s'il allait bien, il s'énervait et se retirait derrière la porte close de sa chambre. C'est le silence qui en émanait que j'avais du mal à supporter ; s'il y avait eu comme toujours de la musique, j'aurais su par ses choix ce qui se passait dans sa tête. Mais il n'y avait rien, à part ce silence inhabituel, inconnu, et la porte fermée qui nous excluait et nous interdisait d'entrer, malgré l'envie qu'on en avait.

Daniel avait huit ans la première fois qu'il a quitté la maison. Il avait fait campagne pour avoir un chien, mais Lorna et moi travaillions à l'extérieur toute la journée et avions refusé, lui disant qu'on y réfléchirait quand il serait plus grand et en mesure de s'en occuper. Déjà à l'époque, c'était un enfant qui voulait tout, tout de suite, et ne possédait pas la patience si souvent indispensable dans la vie ; sa faible capacité de concentration le faisait papillonner d'une chose à l'autre, et on a eu beau y travailler avec lui, ça n'a jamais vraiment changé. Il voulait donc un chien, alors que nous devinions qu'il s'en désintéresserait aussitôt et passerait à autre chose. Mais il l'a mal pris, il réitérait sa promesse d'en prendre soin, répétait qu'il le promènerait et le nourrirait, ferait tout ce que devait faire un bon maître, et qu'on en bénéficierait nous aussi puisque ce serait un chien de garde qui nous protégerait des cambrioleurs. Il a aussi rallié Luke à sa cause. Quand il a compris qu'il n'avait pas réussi à nous convaincre, il est parti, nous laissant un mot pour dire qu'il allait chercher son chien lui-même. Nous l'avons retrouvé dans l'aire de jeu du parc, assis en haut d'un toboggan avec une laisse dont nous n'avons jamais découvert la provenance, une expression qui se voulait renfrognée plaquée sur le visage, même s'il était incapable de cacher son soulagement de nous voir. Son désir de chien lui était passé aussi vite qu'il était venu, comme nous l'avions prévu.

Nous avons cependant découvert la capacité de notre enfant à être… je ne sais pas si c'est le mot juste, mais disons, une forte tête. Drôle d'expression. Ce devrait être une qualité, quand on y songe, la marque d'une force intérieure, mais on l'utilise plutôt en pensant à quelqu'un de buté, qui agit sans avoir suffisamment réfléchi.

Quelqu'un d'imprudent, j'imagine.

Je rallume le GPS – je ne veux pas me perdre au moment où je me rapproche et où j'aborde cette interminable succession de voies périphériques. Je veux entendre une voix me dire laquelle prendre, parce que j'en ai besoin à ce stade. Quelqu'un qui ne mesure pas les conséquences – c'est sans doute ainsi qu'on en est venus à considérer Daniel. Il m'arrive d'observer attentivement Lilly, et lorsqu'elle me surprend et me demande ce que je regarde, je réponds quelque chose du genre « Ma super fille » ou, si elle fait la grimace, « Une drôle de créature, qui soutient mon regard ». En réalité, j'essaie de voir s'il y a la moindre trace de l'avenir sur son visage, s'il y a quoi que ce soit qui devrait nous alerter. Qui pourrait être évité. À l'école, presque tout est progressivement parti à vau-l'eau pour Daniel, juste au moment où il importait qu'il se reprenne. Seul son art a survécu à la dégringolade, et ce en partie, je pense, grâce à sa prof, Mme Clark – la même qu'a eue Luke. Elle croyait en lui, ce dont je lui suis reconnaissant, et à l'époque où il aurait tout laissé tomber avec joie, elle ne l'a pas lâché, l'a persuadé de suivre le cours jusqu'au bout, et ne s'est jamais laissée démonter, préférant souvent rire de certaines de ses bouffonneries plutôt que se mettre en colère. Elle n'a jamais perdu patience, et c'est ce qu'on peut attendre de mieux d'une prof. Après, elle nous a envoyé plusieurs de ses œuvres, nous demandant la permission d'en garder une ou deux qu'elle aimait particulièrement. Il arrive que des parents offrent des trophées, décernés le jour de la remise des prix, pour exprimer leur gratitude ou rendre hommage à des disparus, mais l'école aurait été embarrassée d'en remettre un portant le nom de Daniel, si bien qu'à la fin, nous nous sommes contentés d'envoyer une carte de remerciements à Mme Clark et, au dernier moment, j'y ai ajouté une copie de la photo prise le jour de sa première rentrée.

Nous avons beaucoup regardé son travail. Parfois ensemble, parfois seuls. Un jour j'ai découvert Lorna à genoux dans la chambre de Daniel, effleurant tout de ses mains comme si c'était une forme de braille et qu'elle pouvait lire sous ses doigts ce qu'elle espérait peut-être y trouver. Il y a des carnets de croquis et des dessins sur différents thèmes qu'il ne nous a jamais montrés, mais l'œuvre principale consiste en trois portraits d'un vieil homme – Mme Clark les a fait encadrer, et ils étaient suffisamment bons pour figurer dans l'exposition de fin d'année du jury d'examen. Daniel n'est jamais venu les regarder avec nous, n'a jamais vu notre fierté. Le premier de cette série de trois est un portrait réaliste de l'homme, assis dans un fauteuil. Sur le deuxième, c'est le même visage, mais avec une expression légèrement différente ; la tête est entourée d'un collage réalisé avec Photoshop montrant ses souvenirs, de bons souvenirs apparemment, surtout ceux de son enfance. Le visage est plus sombre sur le troisième – est-ce de la peur qui mouchette ses yeux ? –, et le collage se compose cette fois d'images inquiétantes

– une pierre tombale, une femme en pleurs, une maison en flammes. Je les regarde beaucoup, mais j'essaie de résister au désir d'y lire des choses, de détourner les images pour qu'elles collent à l'interprétation occupant mes pensées à ce moment-là. Parfois je trouve que le vieil homme ressemble à mon père, et donc peut-être un tout petit peu à moi, mais Lorna dit que je me fais des idées et ça m'arrange de la croire.

Si nous devions faire un collage de ton enfance, Daniel, il y aurait beaucoup de bons moments pour auréoler ta tête, et je rallume leur souvenir à intervalles réguliers pour tenter de créer un peu de chaleur. Mais aujourd'hui je n'ai pas le temps, j'essaie seulement d'identifier le début, qui ne se confond pas avec le moment où Lorna et moi avons compris que nous étions en train de te perdre, parce que ça avait forcément commencé avant. Peut-être ne saurais-tu pas toi-même dire quand, où et comment, pas plus que tu n'as été capable d'expliquer ce qui s'est passé, à croire que les choses étaient juste advenues, sans raison ni signification, et que tu n'étais qu'un spectateur, un témoin perplexe de ta propre vie. Et parfois tu souriais et haussais les épaules, comme si elles étaient impénétrables ou n'avaient qu'un rapport lointain avec toi, de sorte que tu n'en étais jamais pleinement responsable. Et tu as toujours pu compter sur ce qu'on appelle le charme, un éclat dans le regard, si bien que ton visage n'a jamais eu cette expression maussade si chère aux adolescents. Ce n'est que bien plus tard, quand tu étais à fond dedans, empêtré jusqu'au cou et incapable d'en sortir pour redevenir celui que tu avais été, que tu as arrêté de sourire, et c'est ça, le plus triste : au moment où tu étais le plus conscient de ce qui se passait, tu étais le moins à même de te sauver. Peut-être comme ces deux alpinistes qui ont chuté à travers l'air gelé, prisonniers de cet ultime mouvement, incapables de saisir une prise. Et je me dis parfois que ni moi ni personne n'aurions pu t'aider, te retrouver et te tirer de là, parce que tu n'étais plus en mesure de me laisser ou de laisser Lorna effectuer les gestes qui auraient permis ce sauvetage. Une pensée anéantie cependant par l'image du fermier qui n'abandonne jamais et continue de pelleter au son des aboiements du chien et qui, de ses mains profondément enfouies dans la neige, extrait de sa tombe la tête noire du mouton. Parfois, j'essaie de me dire que c'est parce que tu nous aimais tous les deux que tu t'es tenu à l'écart, que tu es resté caché, ou parce que tu voulais qu'on pense à toi tel que tu étais auparavant, mais cette tentative de réconfort n'est pas convaincante non plus, parce qu'à la fin, je sais que tu n'étais plus capable de penser à quiconque : ni à moi ni à ta mère et encore moins à toi-même.

Pourquoi en avais-tu besoin ? Comme toi, il m'est arrivé d'avoir besoin de différentes choses, mais surtout d'amour pour éloigner la solitude et la tristesse à laquelle je me sais maintenant vulnérable. Jamais pourtant, pas un instant, je n'ai imaginé trouver ce dont j'avais tant besoin ailleurs qu'en quelqu'un d'autre, raison pour laquelle j'ai du mal à comprendre ce qui anime ceux qui réagissent différemment.

J'attends aussi de mon corps qu'il reste assez alerte et équilibré pour me soutenir au fil des jours, et ça me dépasse qu'on puisse prendre de son plein gré des substances susceptibles de l'affaiblir.

« Pourquoi en as-tu besoin ? t'ai-je demandé un jour, lors d'une des dernières conversations que j'ai essayé d'avoir avec toi.

— Je n'en ai pas besoin », m'as-tu répondu avec l'aveuglement souriant de celui qui pense pouvoir se passer d'aide parce qu'il maîtrise la situation. Et pour finir, c'est ça qui t'a détruit, parce que dès les premiers temps – les expériences encore dans la légalité, avant la dégringolade et la chute finales – tu t'es cru capable de conserver ton équilibre, de garder le pied ferme. De marcher sur cette corde raide sans jamais glisser.

Maintenant, je me dis que j'aurais plutôt dû te demander « De quoi as-tu besoin ? », parce que si tu avais su répondre à cette question, nous aurions pu essayer de t'aider à trouver, et il n'y a rien que nous n'aurions fait pour mener à bien cette quête. Mais si je me trompais ? Si le problème n'était pas que tu pensais ne jamais tomber, mais que tu te fichais désormais que ça t'arrive ? Je ne peux pas y penser sans m'aventurer dans un monde de souffrance qui provoquera des dommages collatéraux, aussi m'en détourné-je.

Les mensonges et les absences commencent à rythmer nos vies. Lorna déteste le mensonge, sa droiture morale s'insurge contre ces dévoiements volontaires de la vérité. Moi, je ne me suis jamais senti le droit de juger parce que je sais que les mensonges sont le plus souvent proférés pour éviter de souffrir ou de faire souffrir. Mais je sais aussi qu'ils ont des conséquences imprévisibles, et que nous n'avons aucun moyen de contrôler où ils nous mèneront. D'autres choses, cependant, me préoccupent, alors que nous sommes assis avec toi au poste de police. C'est la première fois de ma vie que j'entre dans un commissariat, tu as seize ans, et nous attendons dans une zone qui m'évoque un service d'urgence avec ses chaises en plastique, ses surfaces sales où dominent les traînées noires laissées par des baskets, ses affiches nous exhortant à signaler divers crimes tels que les violences domestiques et nous rappelant certaines de nos responsabilités civiques. Il y en a une d'une association caritative où figure un numéro de téléphone de prévention du suicide, et tandis que nous attendons au milieu d'un groupe de gens évitant tout contact visuel avec les autres, je me dis que c'est vraiment une alternative aux urgences, que la plupart des personnes qui viennent là sont abîmées d'une manière ou d'une autre et ont besoin d'assistance.

Lorna et moi espérons en trouver, parce qu'on ne s'en sort pas depuis quelque temps, et que quand tu enfreins les règles que nous avons établies, que tu franchis les limites que nous avons essayé de poser, nous ne disposons d'aucune sanction claire à infliger à un jeune de seize ans. Nous nous sentons impuissants et ne savons pas quelle attitude adopter face à tes mensonges et tes absences. À cette façon que tu as, déjà à ce moment-là, de considérer la maison comme une escale, dans laquelle tu n'investis plus rien de personnel et que tu ne fais plus que traverser. Nous sommes donc assis là dans l'attente que tu rencontres une plus haute autorité et reçoives un avertissement officiel pour consommation d'alcool et incivilité. Et je ne sais pas ce qui nous heurte le plus : ton ivresse ou le fait que tu aies trouvé amusant de lancer des œufs sur la maison d'un retraité qui avait eu la témérité de te réprimander pour les troubles que tu causais. Et ce dont nous avons le plus besoin, ta mère et moi, c'est de voir en toi quelque chose qui ressemble à du remords, et, à défaut, la peur que devrait engendrer un face-à-face avec la police.

Je regarde ton expression, mais n'y lis rien, et j'ai envie de te secouer quand tu commences à jouer avec ton portable, jusqu'à ce que Lorna t'ordonne de le ranger d'un ton si tranchant que des têtes se tournent.

Il y a un homme en combinaison de motard en cuir, son casque au poignet comme un bracelet ; un couple en miroir, tous deux obèses et vêtus de survêtements gris identiques sur lesquels même les taches paraissent symétriques ; un homme plus âgé tenant une lettre de telle façon qu'on dirait qu'il offre une explication publique à sa présence ; et une jeune femme pendue à son téléphone, dont l'épais maquillage paraît cacher un œil au beurre noir. Les policiers qui entrent dans le commissariat nous jettent à tous un coup d'œil indifférent, avant de disparaître au fond d'un couloir. L'agent à l'accueil les salue du plus bref hochement de tête et fait de son mieux pour ne pas croiser le regard de l'un d'entre nous.

Notre tour finit par arriver, et on nous fait entrer dans une salle d'interrogatoire, où une policière assez jeune pour être ta sœur te demande si elle peut t'appeler Danny. Tu réponds oui, même si nous pensons qu'elle devrait t'appeler Daniel, puis elle souligne calmement les conséquences de tes actes sur ton avenir, les répercussions possibles sur ta carrière et tes projets de vie, mais ce n'est pas ce que nous voulons. Lorna et moi échangeons un regard déçu, parce que nous savons que ça ne pénètre pas la surface, qu'elle se laisse peut-être abuser par tous tes hochements de tête et ton air sérieux, mais que nous avons déjà vu ça et qu'on ne nous la fait plus. Et pourtant, qu'attendions-nous de cette conversation ? Que la policière crie et te montre la corde du pendu ? Qu'elle te prenne à la gorge et te secoue pour te mettre du plomb dans la tête et te rappelle tes responsabilités vis-à-vis des autres ? Je l'ignore, mais en rentrant à la maison dans la voiture silencieuse, je réalise pleinement, pour la première fois, qu'aucune aide ne viendra, que nous ne pourrons compter que sur nous-mêmes ; puis, quand Lorna et moi sommes couchés ce soir-là, nous essayons de nous dire que c'est une phase traversée par de nombreux gamins et que, aussi dur que ce soit, tu en sortiras et que tout ira bien. Tout s'arrangera. Tout finira par s'arranger. C'est une sorte de refrain que nous nous chantons, une berceuse pour réussir à s'endormir.

Ça ne s'arrange pas cependant et, même si tu évites de les ramener à la maison, je sais que ces nouveaux amis que tu fréquentes ne sont pas des camarades de classe et, sans vouloir porter de jugement, leur allure ne me plaît pas. Et tu me demandes quand je me suis rendu compte que tu consommais ? Au début de l'été, quelques semaines après que tu as définitivement arrêté l'école, la nuit où je suis descendu et t'ai trouvé dans la cuisine. J'ai le sommeil léger, je t'avais entendu rentrer et, à l'instant où tu as tourné la tête vers moi, j'ai su. C'était quelque chose dans tes yeux, différent de tout ce qui y était jamais passé, comme si tu me voyais d'une manière altérée, que nous étions séparés par autre chose que la distance normale entre un père et son fils. Et j'ai eu trop peur de te poser la question, parce que si je l'avais fait et que tu m'avais menti, il n'y aurait plu eu de doute, et sur le moment, je ne savais pas comment réagir à ça. Tu as dû comprendre que j'avais vu, puisque tu as commencé à passer plus de temps chez tes amis, ne rentrant à la maison que pour dormir et te changer. Rentrant à la maison pour voler.

Lorna a fouillé ta chambre, l'a passée au peigne fin, mais n'a rien trouvé. Il faut dire qu'elle n'en connaît pas plus que moi sur la drogue et pourrait ne même pas identifier ce qu'elle découvrirait ; d'un autre côté, possédant la conscience instinctive d'une mère, je crois qu'elle sait déceler mieux que quiconque les changements dans l'apparence de son enfant, dans son appétit, ses habitudes. Tes objets de valeur disparaissent petit à petit, et tu nous dis que tu les as emportés chez des amis parce que tu veux t'installer en colocation à Belfast quand tu commenceras tes études d'art à la fac ; la qualité de ton portfolio t'a permis de décrocher une place, et pendant une brève période, nous y puisons l'espoir d'un meilleur avenir. Mais d'autres choses disparaissent également. Des choses qui ne t'appartiennent pas. De l'argent, des petits objets d'abord, dont tu penses qu'on ne remarquera pas l'absence et que tu peux revendre. Mais aucun d'eux ne nous importe autant que ce qui disparaît en toi. Tu m'entends, Daniel : rien ne nous importait autant que ce que nous avons perdu en toi. Alors, qui es-tu à présent ?

Viens à côté de moi et regarde-toi dans le miroir. Vois ta peau cireuse, vois comme tu flottes dans tes vêtements, vois tes yeux – la seule chose que tu n'as jamais pu cacher –, bordés de rouge, les pupilles rétrécies, et ton corps, pourtant si amaigri, qui ressemble à un poids à porter. Rends-toi compte qu'il y a quelque chose de lourd en toi, une chose qui nous est cachée mais que tu portes, et dont nous savons qu'elle est là.

Les absences se prolongent. La plupart du temps, tu ne réponds pas à nos appels. Nous t'attendons tous les deux une nuit où tu finis par rentrer ; nous sommes assis à la table de la cuisine, dans le noir, devant nos tasses de thé refroidi, et nous nous tenons la main par moments pour nous donner de la force. Dans les intervalles de silence, j'entends un papillon de nuit voleter contre la vitre en cherchant à entrer, le robinet qui goutte, le bruit d'une voiture au loin. La seule lumière provient de l'entrée, si bien que tu ne nous vois pas tout de suite et sursautes un peu en nous découvrant, puis tu prends un verre et le remplis d'eau.

« Où étais-tu ? demande Lorna.

— Dehors avec des potes. C'est quoi le problème ?

— C'est toi, le problème. Voilà ce que c'est, Daniel, dit-elle. Maintenant, assieds-toi parce qu'il faut qu'on parle. » Et une partie de moi se réjouit qu'elle prenne les choses en main. « On ne peut pas continuer comme ça, lui dit-elle. Toi qui vas et viens, et nous qui savons que tu as changé, mais pas en bien. Nous pensons que tu prends peut-être des trucs – des trucs mauvais pour toi.

— Quels trucs ? » Ta perplexité feinte ne te convainc pas toi-même, et quand tu hausses les épaules, je vois tes maigres omoplates monter et descendre sous ton T-shirt. Tu portes le verre à ta bouche, et les os ressortent sur tes poignets.

« On n'est pas idiots, Daniel. Pourquoi tu ne joues pas franc jeu avec nous, et on fera tout ce qu'on peut pour t'aider. »

Tu regardes la table. Je la regarde aussi. C'est la table sur laquelle nous avons partagé une vie entière de repas, où nous avons joué aux cartes, où vous avez fait vos devoirs. C'est cette même table solide qui nous a servi de point d'ancrage, autour de laquelle nous nous sommes installés tous ensemble, qu'elle soit donc aussi la table d'harmonie où résonnera la vérité. Mais tu as d'autres objets sacrés désormais, auxquels tu n'es pas prêt à renoncer.

« Vous pensez que je me drogue, c'est ça ? Que je suis un junkie ? demandes-tu, avec une indignation mieux imitée.

— Personne ne dit que tu es un junkie. Personne ne le dit, mais tu as changé et ça nous fait peur parce qu'on ne sait pas ce qui se passe.

— Il ne se passe rien. Je sors juste avec quelques potes, on boit des bières, on joue aux jeux vidéo. Comme tout le monde.

— Si tu as des soucis, nous voulons t'aider, dis-je.

— Je ne comprends pas de quoi vous parlez. Quelques bières n'ont jamais fait de mal à personne.

— On ne parle pas de quelques bières, dit Lorna.

Tu as maigri, tu ne manges plus et tu as changé. Il y a quelque chose qui ne va pas, Daniel. »

Elle tend la main à travers la table pour prendre la tienne, mais tu ne l'ouvres pas. En cet instant, je pense aux doigts sculptés qui m'avaient tant fasciné la nuit de ta naissance, et comment ils s'étaient refermés sur le mien.

« Ta mère s'inquiète. Je m'inquiète et tu manques à Lilly – elle n'arrête pas de demander où tu es et quand tu vas revenir à la maison. Elle aurait tellement voulu que tu la voies jouer dans la pièce de théâtre à l'école.

— Qu'est-ce que vous lui avez dit ?

— Que tu devais passer un entretien à la fac.

— Je trouverai un moyen de me rattraper », dis-tu, et je me réjouis parce que tu as l'air sincère, mais je sais aussi que je suis prêt à me raccrocher à n'importe quel espoir. Et si je pouvais, je rembobinerais les années jusqu'à ce qu'on se retrouve tous assis autour de cette table à jouer aux 7 Familles et à essayer de compléter nos mains par des échanges honnêtes.

Tu te lèves, vas poser ton verre dans l'évier puis tu nous dis bonsoir et nous laisses là, toujours assis à cette table. Lorna réussit à retenir ses larmes jusqu'à ce qu'on entende tes pas dans l'escalier. Les absences et les mensonges pendant tout cet été ; tu te désintéresses même de Luke et n'es bientôt plus qu'une ombre qui traverse la maison avant de s'évanouir des jours durant. Et cette ombre jette un froid, pousse chacun de nous à se refermer sur lui-même parce qu'on ne sait pas comment se comporter en ta présence, ni même comment parler de toi quand tu n'es pas là. Seule Lilly essaie de le formuler en mots, mais elle peine à les trouver puis finit par comprendre qu'il s'agit d'une chose de plus à ajouter à la liste de celles auxquelles les adultes n'ont pas de réponses.

Je crois que tu l'as admiré à une époque, Luke, quoique sans jamais tomber dans l'idolâtrie, et même si ça t'est passé à la fin de l'adolescence, tu restes loyal, et quand j'essaie de t'interroger sur ton frère, tu te contentes de hausser les épaules en un refus total de t'engager, me faisant clairement comprendre que tu n'as rien à révéler, aucune idée perspicace que tu es capable ou désireux de partager. Les organismes extérieurs que nous approchons ne nous sont pas non plus d'un grand secours, donnant seulement le genre de conseils qu'on a déjà trouvés sur Internet ; c'est à notre fils de demander de l'aide, or ça n'est pas près de se produire. C'est à toi, Daniel, de prendre l'initiative, rien n'est possible à moins que tu le veuilles. Une fois seulement, j'ai l'espoir que ça arrive, un matin de fin d'été, où je sens le premier glissement de la saison vers le changement. Je dois aller sur la côte nord prendre des photos pour une nouvelle brochure touristique, après avoir remporté un appel d'offres en facturant sans doute la moitié du prix du marché, et tu me demandes si tu peux m'accompagner. Comme ça, sans préambule, tu me demandes si tu peux m'accompagner. Et avant qu'on puisse l'arrêter, Lorna chante presque et parle de préparer des sandwichs, jusqu'à ce que je la persuade de ne pas s'embêter, que nous prendrons quelque chose sur le chemin.

Puis elle comprend le risque de briser la fragilité de cette décision spontanée et nous laisse partir sans fanfare ni trompette.

Nous sommes dans la voiture, dans la voiture ensemble, Daniel, et je me garderai bien de parler de quoi que ce soit, sauf de ce dont tu voudras parler, et même si tu ne veux parler de rien, peu importe. Au début, nous nous contentons donc de rouler, puis tu commences à regarder ce qu'on a comme musique et tu ris en trouvant le CD de Johnny Cash, mais je te dis que tu te fais une fausse idée et j'insiste pour mettre « Hurt », et c'est soudain la chanson la plus triste que j'aie jamais entendue, au point qu'il me faut détourner les yeux en me retenant de pleurer.

Et je sais que tu écoutes aussi, mais je ne sais pas à quoi tu penses, et la tension est telle que je suis soulagé quand ça se termine. Je n'ai plus jamais écouté cette chanson. Je ne pourrai plus jamais l'écouter de ma vie.

« Et si on mettait un truc plus gai, comme les Smiths, dis-je, et ça te fait presque rire une fois encore.

— J'y ai eu droit un soir sur deux à travers le mur de Luke pendant je ne sais combien d'années. Le malheur à minuit.

— J'aime bien ce groupe – parfait pour un homme qui souffre d'angoisses.

— Quelles angoisses ? me demandes-tu.

— À peu près toutes les angoisses possibles », dis-je, mais je ne m'étends pas, puis je le regrette, parce que ce serait peut-être une façon d'admettre que je suis moi aussi cabossé et vulnérable, mais que j'essaie de tenir bon et de ne pas céder à la tentation de flancher.

Tu fouilles parmi les CD et mets The National. Je te dis que c'est un bon choix et tu souris quand je te raconte qu'en l'entendant chanter « racing like a pro now », j'ai cru pendant au moins un an qu'il disait « racing like a pronoun ». Nous nous arrêtons à la route des Dark Hedges, où j'essaie de prendre une photo d'ambiance sur laquelle ne figurent ni touristes, ni voitures, ni machines agricoles, mais c'est presque impossible. Une fois que tu as fait quelques clichés avec ton téléphone, nous nous rendons au pont de corde de Carrick-a-Rede, qui relie la grande île à un petit îlot. Il ne faut pas avoir le vertige. Je ne suis pas très à l'aise sur l'étroite structure oscillante, mais toi tu t'y engages d'un bon pas, t'arrêtes au milieu et regardes en bas, tandis que tout autour, des touristes japonais font des selfies avec leurs appareils photo et leurs portables au bout de leurs perches, comme s'ils levaient des baguettes magiques pour se jeter des sorts. Je m'apprête à te photographier, mais tu me vois et secoues la tête ; je m'abstiens donc et j'attends que nous soyons tous deux sur l'îlot pour me retourner et prendre plusieurs photos. Tu me demandes si tu peux en prendre une et je t'explique le fonctionnement de l'appareil puis te le passe, et je ne veux pas que le moment s'arrête. Ensuite, alors que je retraverse en évitant de regarder en bas, je me retrouve coincé derrière des gens en train de faire des selfies, et soudain il faut que je quitte ce pont pour reposer les pieds sur la terre ferme, alors je les double en les frôlant, et cette fois tu éclates de rire, et ce son me semble plus doux que n'importe quelle musique.

« Tu as peur du vide, me dis-tu une fois de retour dans la voiture, comme si tu étais content de me découvrir une faiblesse.

— Je n'ai pas peur. Je ne suis pas à l'aise. Mais tout le monde a des peurs. Ta mère a la phobie des araignées. Quand il y en a une dans la baignoire, je dois l'enlever, et pas question de l'évacuer par la bonde avec la douche parce qu'elle dit qu'elle risque de remonter. »

J'essaie de t'interroger sur la fac et te demande si tu as hâte d'y aller, mais je n'obtiens pas de réponse très convaincue, et nous savons qu'un autre sujet pèse lourdement entre nous dans la voiture, dont nous ne parlerons pas à moins qu'il se passe quelque chose qui nous surprenne tous les deux. Je vais encore photographier deux endroits, puis nous nous arrêtons dans un *fish and chips* et mangeons à même le cornet en papier, dans la voiture garée face à la mer.

Un groupe d'adolescents apprend à faire du paddle ; certains ont du mal à tenir debout et tombent à l'eau toutes les deux minutes.

« Ça doit être plus dur que ça en a l'air, dis-je.

— J'ai toujours voulu essayer le surf.

— Qu'est-ce qui t'en empêche ? Tu serais sûrement doué, lui dis-je, chérissant l'idée d'une activité et d'un plaisir futurs. Il y a des endroits par ici où on peut prendre des cours, louer des planches. Je peux me renseigner si tu veux. »

Mais tu secoues la tête comme si le seul fait d'y penser te pesait, puis tu te tasses un peu plus sur ton siège, montes le chauffage, et nous prenons la direction de la Chaussée des Géants. Je m'efforce de faire naître un peu d'enthousiasme pour ce que j'ai toujours considéré comme un tas de rochers sans grand intérêt, et je commence à me demander pourquoi on m'a commandé ce boulot alors qu'il aurait suffi de télécharger des photos génériques d'un lieu photographié des milliers de fois. J'essaie de trouver un angle plus ou moins original, quand je jette un regard vers l'endroit où tu te tiens, sur un affleurement de roche s'avançant vers la mer, et soudain tu sembles insupportablement petit face à cette immensité et je crie ton nom, mais il se perd dans le vent qui se lève. Tu remontes ta capuche et, en te voyant frissonner, je suis la proie d'une peur insondable, peur pour toi et pour nous tous. Lorsque tu te retournes, c'est pour me demander si j'ai bientôt fini, et je sais que la journée est terminée, que ce que j'espérais n'arrivera pas.

À quoi pensais-tu en regardant la mer ? Dis-le-moi maintenant, Daniel. Ou n'y avait-il rien d'autre que le froid s'infiltrant dans ta peau ? J'ai mal en y pensant, parce que je ne peux le faire sans te voir entouré de ce que je percevais comme une solitude que j'étais incapable de rompre. Et aujourd'hui dans mes rêves, quand je crie ton nom encore et encore, ma voix est noyée par le vent et par la plainte incessante de la mer agitée. Après, tu ne rentres pas avec moi à la maison. Alors que nous traversons la ville sur le chemin du retour, tu me demandes de te déposer près de l'université, et j'attends, pour redémarrer, de t'avoir vu t'éloigner et disparaître.

Le téléphone sonne dans la voiture, mais je ne réponds pas. Je ne suis pas prêt à parler à qui que ce soit, et j'ai entamé la partie la plus compliquée du trajet, où je dois emprunter des routes à deux voies et une série de ronds-points pour contourner Newcastle et prendre la direction de Gateshead. Je me réjouis de retrouver la voix féminine, calme et directive, parce que pour un instant, elle comble un peu du vide de la voiture que même la musique ne parvient pas à remplir.

Peut-être pas les meilleures photos que j'aie jamais prises, mais j'essaie de me raccrocher aux plus belles images de cette journée – nous deux dans la voiture, et toi qui traverses le pont sans prendre la peine de tenir les mains courantes –, et j'essaie aussi de retrouver la forte odeur salée de la mer, les relents de *fish and chips* dans la voiture, la musique partagée. Parfois, je t'imagine en train de faire du surf parce que je sais que tu aurais été doué, et quand je ramènerai Luke à la maison, nous irons tous faire de la luge, et si la station-service est encore ouverte au retour, j'en achèterai une deuxième pour qu'on puisse descendre ensemble. C'est un truc que je fais souvent – tenter de créer des images pour les laisser paver la voie d'un bonheur futur, mais elles sont éphémères, s'effacent presque tout de suite après avoir été imprimées et exposées à la lumière, parce qu'il y en a de plus insistantes et caustiques à la place, qui paraissent exister en dehors de tout exercice de ma volonté.

Luke est donc parti fêter un anniversaire avec des amis, Lorna et Lilly sont au cinéma, et moi je suis dans ma chambre, allongé sur mon lit, accablé par une fatigue qui me coupe toute envie de regarder la télévision ou de faire quoi que ce soit exigeant un minimum de concentration. La journée, passée à photographier un mariage, a été longue ; les mariés dégageaient ce qui ressemblait presque à de l'hostilité l'un vis-à-vis de l'autre et une animosité plus grande encore envers tous ceux qui cherchaient à faire de l'événement un jour mémorable, de sorte que je n'ai même pas pris la peine de demander à quiconque de sourire et que j'ai exécuté ma tâche à toute vitesse, parce que l'impatience irritée de l'heureux couple contaminait tout autour d'eux. Je devrais être en train de regarder les photos pour essayer de tirer le meilleur parti d'un travail bâclé, dans mon petit studio aménagé dans l'extension à l'arrière de la maison que nous n'avons pas encore fini de payer, mais je n'en ai pas le courage ce soir et je dois d'abord me débarrasser de l'humeur sombre de la journée pour ne pas risquer de ternir les débuts d'une vie conjugale. Quand je me sens comme ça, que je vois les possibles prémices de la dépression poindre à l'horizon, j'ai toujours envie de dormir, de me fermer physiquement et mentalement. Pour lui barrer le chemin.

En voyant, sur la route, des traces de pneus dessiner par endroits des courbes en travers des voies, je repense à la femme que je me suis arrêté pour aider. Et ce que cela m'évoque, c'est le désir que l'on éprouve, en regardant les bois se couvrir de neige, de s'y enfoncer jusqu'à disparaître sans espoir d'être retrouvé, non pas parce qu'on ne peut rêver mieux qu'une tombe de neige immaculée, comme dit le carton du film, mais parce que parfois il semble préférable de ne plus exister plutôt que d'exister et de ressentir. Je sais que je dois tenir la promesse de ramener mon fils à la maison et je suis heureux d'avoir cette idée pour me galvaniser, pour m'empêcher de retourner sur le lieu de l'accident et de disparaître dans ces bois.

Je jette un coup d'œil à mon téléphone. C'est le numéro de Lorna, mais comme je devine que c'est sans doute un appel de Lilly, je quitte la route pour m'arrêter dans l'entrée d'une zone industrielle et je rappelle.

« C'est toi, Lilly ?

— Non, c'est Lorna, mais c'est Lilly qui t'a téléphoné alors que je lui avais dit de ne pas le faire. Ça va ?

— Tout va bien. Je ne suis plus très loin, et s'il ne reneige pas on reprendra le bateau ce soir.

— Je n'ai pas arrêté de regarder la météo, et ils ont l'air de dire que ça se déplace vers le sud.

— Tu paries que les aéroports rouvriront pile à mon arrivée ?

— Je m'en fiche, Tom. On ne pouvait pas prendre le risque, et je suis contente que tu sois là-bas pour le ramener. Je ne voudrais pas qu'il voyage seul s'il est mal en point. Et il y a toujours l'éventualité qu'ils s'aperçoivent qu'il est malade et ne le laissent pas embarquer. » Après une seconde de silence elle reprend : « Tu es courageux, je suis fière de toi. »

Je ne sais pas quoi dire, et elle me redemande si ça va. Je réponds oui, et le fait d'essayer de chasser un sentiment d'imposture m'effraie. Puis elle me passe Lilly qui veut me raconter une blague.

« Toc, toc, toc.

— Qui est là ?

— C'est Josette.

— Josette qui ?

— Josette de Noël.

— C'est ta meilleure jusqu'ici. » Je me demande si je devrais faire semblant de rire, mais je préfère dire : « Je vais bientôt récupérer Luke et quand on sera rentrés, on ira faire de la luge tous ensemble.

— Tu me l'as déjà dit.

— Pardon de radoter. Le bonhomme de neige est toujours là ? Il n'a pas encore fondu, si ?

— Non, il n'a pas bougé depuis que tu es parti. »

Et cette simple affirmation me procure du réconfort. Puis soudain elle me dit au revoir et raccroche, sans me laisser la possibilité de reparler à Lorna. Peut-être qu'elle m'a rendu service.

La maison est vide et ma tête lourde d'inquiétude, et je me dis que si j'arrive à dormir la fatigue s'évacuera, mais alors que je commence à fermer lentement les écoutilles, je perçois des bruits au rez-de-chaussée. Au début je pense que c'est Luke, ou alors Lorna et Lilly, puis je comprends qu'ils ne seraient pas rentrés si tôt. J'essaie de me bouger, je m'oblige à contrecœur à réintégrer le monde auquel j'espérais échapper, et quand enfin je m'assois et que je tends l'oreille, je n'entends d'abord que le silence et crois avoir tout imaginé. Mais une maison vide respire différemment d'une maison qui ne l'est pas, et puis j'entends une porte s'ouvrir et se fermer en bas et, bien que nous ne l'ayons pas vu depuis plus de deux semaines, je devine que c'est

Daniel, et avant même de me lever, je suis en colère contre lui. À cause de la peine qu'il nous inflige, des larmes versées par sa mère, de l'incompréhension de Lilly qui nous demande si on a été méchants avec lui. Et de Luke qui ne montre pas ce qu'il ressent.

Je tente d'endiguer ma colère en descendant l'escalier, mais elle revient de plus belle, et soudain je me dis qu'il est moins douloureux de crever l'abcès que de laisser les choses poursuivre leur cours imprévisible et erratique. Qu'essayer de reprendre le contrôle de la situation dans laquelle on se trouve pourrait peut-être nous rapprocher de lendemains plus radieux. Mais il n'est pas en bas, et je me demande une fois encore si je n'ai pas imaginé sa présence, si mon fils qui accapare tant de mes pensées conscientes ne s'est pas matérialisé à partir des angoisses logées dans ma tête. Puis je comprends qu'il y a quelqu'un dans le studio, j'envisage la possibilité qu'il puisse s'agir d'un cambrioleur et j'hésite à revenir sur mes pas pour aller appeler la police. Mais alors que je me tiens parfaitement immobile, aux aguets, je reconnais Daniel à sa façon d'imprimer sa présence, aussi légère soit-elle, sur la conscience de la maison, tout comme je ressens sa présence dans le vide de sa chambre ces soirs où je m'y attarde avant d'aller dormir, ou à l'aube quand j'y entre pour avoir confirmation de ce que je sais déjà – qu'il n'est pas là, qu'il n'est pas rentré. Je ne comprends pas ce qu'il fait dans le studio, et quand je le comprends, j'essaie d'abord de me dire que ce n'est pas possible, mais je sais que ce déni se fonde uniquement sur mon désir d'échapper aux conséquences.

Je le prends au dépourvu, et il n'a pas le temps

de lâcher mon appareil photo, ni ce qui m'a l'air d'être la tablette de Lilly, et parce qu'il est surpris, je devrais en profiter, mais ma rage m'empêche de raisonner clairement si bien que je me mets à lui hurler dessus en exigeant de savoir ce qu'il fabrique.

« Rien, répond-il, et dans la pénombre de la pièce sa voix paraît aussi décharnée que son corps.

— Ce n'est pas mon impression, Daniel, dis-je, d'une voix toujours forte et vibrante de colère. J'ai l'impression que tu es en train de voler ta famille. Me voler, moi, et voler ta petite sœur. Voler les affaires de Lilly. Fouiner dans notre maison comme un sale petit voleur qui n'en a rien à foutre des autres et ne pense qu'à lui-même. »

Je sais maintenant qu'en utilisant les mots « notre maison », je l'en excluais, et en vérité c'était mon intention parce qu'à cet instant je voyais sa présence comme un poison qui affectait le bien-être de ma famille et nous aurait détruits si on l'avait laissé faire. Et loin d'apaiser ma colère, le fait que tu te taises et n'essaies pas de te justifier l'intensifie, parce que c'est comme si tu ne voulais même pas te donner la peine de te défendre. Je t'arrache des mains l'appareil photo et la tablette, et je me souviens maintenant d'avoir examiné l'appareil pour vérifier qu'il était intact, et peut-être que pendant ces secondes-là j'ai craint qu'il ait été contaminé lui aussi. Je n'allume pas la lumière parce que je ne veux pas être obligé de te voir plus distinctement, mais même dans la pénombre je distingue la croûte qui déforme le coin de ta bouche et le reste de ton visage qui n'est plus qu'une version compressée et émaciée de lui-même. Et tu me fais peur, parce que tu ressembles à un inconnu à moitié oublié, et quand j'essaie d'assembler tous mes souvenirs de toi en une image plus reconnaissable, je n'y arrive pas.

«J'ai besoin d'argent», dis-tu, et même ta voix me paraît différente: elle est grêle et dénuée de cette assurance qui t'aide à conserver la maîtrise de la situation dans laquelle tu es. «J'ai besoin d'argent pour payer mon loyer, et parce que j'ai dû en emprunter à un copain. Je te rembourserai dès que j'aurai eu mon prêt étudiant. Je vais le toucher bientôt.

— Donc tu t'es dit que tu allais venir ici et faire main basse sur ce que tu trouvais. Qu'est-ce que ça fait de toi?

— Je sais ce que ça fait de moi. Mais j'ai besoin de cet argent, alors tu vas m'aider ou pas? Je n'ai pas beaucoup de temps.»

C'est un ultimatum impatient, et ma colère palpite de plus belle parce que nous savons tous les deux à quoi est destiné cet argent, pourtant c'est moi qui serai dans mon tort, le père qui refuse d'aider son fils. C'est le moment décisif. Le moment où, chaque fois que je me repasse le film, différentes solutions se disputent mon choix, chacune se présentant comme la meilleure, et parfois, l'espace d'une seconde, j'essaie de me persuader que j'ai suivi l'une d'elles. Mais tu te tiens là, gauche, comme contracté à l'intérieur, et seul le tremblement de tes mains, reflétant le frisson que je sens en dedans, révèle autre chose. Puis je me dis que tout est clair, que je sais ce qui est le mieux, et ce que je te dis, c'est de te barrer, qu'on ne veut pas de toi chez nous, et bien que je le garde pour moi, je ne veux pas que tu sois là au retour de ta mère et de ta sœur, parce qu'elles reviendront pleines d'un bonheur partagé et je refuse qu'on le leur arrache. En te voyant hésiter, je te le répète, toute la colère et la peur se libèrent dans l'éclat de ma voix, et quand tu sors de la pièce plongée dans la pénombre, je me rends compte que moi aussi je tremble ; je pose l'appareil photo de crainte de le laisser tomber et je m'agrippe à la table jusqu'à réussir à calmer ma respiration emballée et mon corps agité pour retrouver un semblant d'immobilité.

J'ouvre une fois encore la vitre de la voiture et je laisse le monde me souffler au visage, pour tenter d'éteindre la brûlure de la honte et de la colère. Je crache des jurons contre le pare-brise. Je ne suis plus en colère contre toi, Daniel – j'ai commencé à comprendre que c'est beaucoup trop tard, même s'il m'arrive encore de vouloir m'y raccrocher parce qu'on se cramponne à n'importe quoi quand on cherche désespérément à ne pas couler. Tu comprends, Daniel ? Je ne suis plus en colère contre toi, mais l'air froid me fouette la peau et noie toute chance d'entendre ta voix. Et jamais je ne raconte à Lorna ce qui s'est passé. À leur retour, Lilly déborde d'enthousiasme, dit que j'aurais dû venir voir le film et que si je veux, elle y retournera avec moi. Elle est surexcitée à cause du pop-corn et du soda, m'explique Lorna ; d'ailleurs, ils lui ont coûté un bras, mais oui, le film était vraiment bien, quoique pas au point de le revoir. Puis elle me jette un coup d'œil et me demande si ça va, et je réponds oui, juste un peu fatigué.

« Qu'est-ce qui t'a fatigué comme ça ? » me demande-t-elle. Je sais qu'elle cherche des signes que je suis patraque et je lui laisse croire que c'est le cas, parce que c'est plus simple ainsi.

« Juste un petit coup de barre. Ça ira, lui dis-je.

— Pourquoi tu ne montes pas te coucher pendant que je m'occupe de cette jeune fille ? » dit-elle en passant une main dans mes cheveux.

Je laisse la porte de la chambre légèrement entrouverte et je n'allume pas ; seule la lumière du palier éclaire un peu la pièce. Et Lilly a beau avoir envie de revoir son film avec moi, je n'en suis pas encore à vouloir une rediffusion de ce qui vient de se produire avec une fin différente. Pour l'instant, ma tête lourde posée sur l'oreiller, je pense que j'ai fait ce qu'il fallait pour préserver ma famille, et si ça signifie se débarrasser de ce qui paraît le plus dangereux à sa survie, je suis prêt à en payer le prix. Tous les bruits dans la maison paraissent affûtés, et je remonte la couette sur ma tête pour essayer de les assourdir quand, pour finir, je l'entends faire ce que je fais d'habitude, vérifier la porte d'entrée et laisser la lumière extérieure. La lumière qui restera allumée toute la nuit. Je ne suis pas doué pour les secrets, leur poids est un fardeau constant qui empêche tout le reste de circuler, aussi est-ce seulement en me disant que la vérité causera une douleur encore plus grande que je parviens à la taire, et alors que Lorna est couchée tout près de moi, le bras posé sur mes épaules, et qu'elle me répète que tout ira bien, je ne veux pas être celui qui rompt ce sortilège avec lequel elle cherche à nous protéger.

Le monde est paré de guirlandes et de boules, le temps rempli d'une attente à laquelle nous ne pouvons offrir de terme précis. Un type a parié dix mille livres chez le bookmaker qu'il neigerait le jour de Noël. Et quelque part au milieu des discussions pour savoir si la nouvelle publicité de John Lewis est plus réussie que celle de l'année dernière, au milieu des groupes de collègues envahissant les bars et les restaurants de la ville, on entend une histoire disant qu'un enfant est né. C'est une idée idiote, mais Noël est une bonne période pour naître, meilleure que celle que tu as choisie pour venir au monde. L'éclat implacable de la neige me fait mal aux yeux. La campagne laisse maintenant place à des zones industrielles et commerciales, des centres de montage de pneus et autres entreprises tentant de rester ouvertes. Un homme sur un quad se tient debout tel un conducteur de char en roulant sur le bord de la route.

Entre le commerce qui doit continuer et la circulation plus dense, on a l'impression qu'ici, la neige n'a pas pu s'installer. Je ne suis plus très loin de Luke, et je m'en réjouis parce que j'ai le dos raide et que je suis fatigué de conduire. Même la musique a commencé à paraître rassise et insipide, comme si je l'avais entendue trop souvent, mais mieux vaut ça que ce qui passe à la radio.

J'ai attendu une semaine avant de partir à ta recherche. Bien que ton portable soit coupé, Lorna n'arrête pas de t'appeler dans l'espoir qu'il se rallume soudain sur ta voix. Un jour où elle croit que je ne l'entends pas, elle parle tout bas dans son téléphone, et j'ai beau ne pas distinguer les mots, je devine ce qu'elle dit.

« Il reviendra, l'assuré-je. Il dort peut-être chez des copains en attendant de trouver un appartement. Il revient toujours. » Et elle hoche la tête parce qu'elle veut me croire.

La ville la nuit m'est étrangère, puisque j'ai grandi sur la péninsule d'Ards, et comme nous vivons maintenant en banlieue j'ai toujours le sentiment d'être son fils adoptif plutôt qu'un de ses enfants naturels. Je ne suis pas du genre à l'idéaliser, ni à la considérer uniquement à travers le prisme de son histoire violente. Mais encore maintenant, alors que je parcours ses rues nocturnes en ces temps où nous sommes censés recueillir les dividendes de la paix, elles conservent une tension, une ambiguïté que l'on sent au fond de la gorge ou sous les semelles de nos chaussures, et les trottoirs renvoient à la fois l'écho d'une menace imaginée et d'un optimisme plus amical. Au point qu'il est impossible de savoir si la personne qui s'avance vers nous va nous vouloir du mal ou avoir envie de nous serrer fort dans ses bras. C'est une ville entourée de montagnes et installée à l'embouchure du fleuve. Elle est bâtie pour une bonne part sur huit mètres de *sleech* – ce mélange de douce argile grise, de vase et de sable fin –, d'où la nécessité, aux siècles passés, de planter des forêts de pilotis.

On n'utilise plus de bois désormais, mais les plus grands immeubles doivent être édifiés sur un épais lit de pieux pour arrimer leur poids à des fondations solides. J'ai lu qu'on en avait utilisé des milliers au moment de la construction du nouveau centre commercial à Victoria Square, sur un site dont la moitié se trouvait sous le fleuve il y a trois cents ans; aujourd'hui encore, sous High Street, la Farset suit en secret son cours méandreux jusqu'à la mer. C'est peut-être ce savoir, mêlé aux pensées dans ma tête, qui me donne l'impression de fouler un sol mouvant pendant que j'arpente au hasard les rues crépusculaires, et lorsque je traverse le centre commercial Victoria à l'heure de la fermeture, tandis que les boutiques de luxe baissent leurs rideaux, je songe à des eaux invisibles voulant récupérer le domaine qu'on leur a volé.

J'ai commencé par le quartier de l'université, où j'ai montré ta photo à des gens de ton âge en leur demandant s'ils t'avaient vu, mais je crains qu'elle ne ressemble plus à ce que tu es maintenant, et je ne sais pas, quand ils secouent la tête, s'ils ne t'ont pas vu ou s'ils ne te reconnaissent pas sur l'image que je leur tends. J'écume les bars autour de la fac et les fast-foods de Botanic Avenue, je me concentre sur le labyrinthe du territoire étudiant dans ce qu'on appelle avec une ironie involontaire la Terre sainte à cause des noms de rues – Jerusalem Street, Damascus Street, Carmel Street, Cairo Street, Palestine Street. Sans résultat. Une fois, dans le petit square entre Upper et Lower Crescent, je m'approche de deux hommes en train de boire sur un banc. L'un d'eux regarde longuement la photo, mais son compagnon se met à rire et secoue la tête lorsqu'il me dit qu'il t'a peut-être vu et me réclame de l'argent. Je lui donne deux livres; il se gratte le menton et promet d'ouvrir l'œil.

Quelque chose m'arrive au cours de ces nuits: c'est comme si la ville commençait à exercer un pouvoir irrésistible, que le monde acquérait une réalité plus nette que je ne lui en avais jamais connu, presque comme si tout ce qui s'était passé auparavant avait été embrumé. Et tout en cherchant mon fils, je me mets à photographier. Je suis de plus en plus attiré par ces rues inconnues du centre-ville, semblant n'avoir d'autre raison d'être que de relier des endroits plus importants ; des rues où je n'avais jamais mis les pieds et qui paraissent réclamer un instant de reconnaissance. Je m'y sens en sécurité, comme si les grands espaces de la nuit et l'excitation bruyante des bars et des restaurants étaient condensés en quelque chose que ma main peut toucher, si bien que je laisse mes doigts courir sur la brique et tente de saisir le vide silencieux avec mon appareil photo. Parfois, je me dis que je n'ai pas envie de rentrer à la maison, ni d'aller où que ce soit, que je veux mener une nouvelle vie, caché dans ces rues et ces passages secrets.

Il m'arrive aussi de te voir – un visage aperçu à l'arrière d'un bus de nuit ; un garçon, la capuche relevée, un skateboard sous le bras ; un jeune homme marchant avec un chien famélique. Dans ces moments-là, tout me traverse à vive allure – des souvenirs imprévisibles, aléatoires, les mots qui ont été prononcés, ceux qui ne l'ont pas été, et je me force à quitter ces refuges et retourne scruter la foule, montrer de nouveau ton visage à des inconnus. J'explique à Lorna que je te cherche et, les semaines passant, elle veut prévenir la police ou utiliser les réseaux sociaux pour essayer d'entrer en contact avec toi, mais je la persuade d'attendre encore un peu, parce que tu seras furieux, tu nous traiteras d'idiots, et que ça créera une distance encore plus grande entre nous tous. Je lui dis que je vais mieux chercher. Je lui promets de mieux chercher.

Je fais le tour de toutes les auberges de jeunesse, des foyers tenus par l'Armée du Salut où je laisse ta photo et mon numéro de téléphone, puis je pénètre dans le terrain vague sous la rocade où des voitures sont garées à distance les unes des autres. De la fumée de cigarette et de la musique sortent par leurs vitres ouvertes; parfois, il y a un petit bûcher de déchets de fast-food à côté. Des groupes de jeunes me regardent d'un œil soupçonneux, et je cache mon appareil photo sous mon manteau de peur qu'ils me prennent pour un flic venu surprendre un deal de drogue. Quand je leur montre ta photo, ils la regardent à peine, comme s'ils craignaient de se compromettre devant leurs copains, et en m'éloignant, j'entends une voix dire que si je cherche un mec je devrais essayer le Kremlin. Certaines personnes que j'aborde s'imaginent que c'est le prélude à une arnaque ou à une collecte pour une association caritative et m'éconduisent d'un haussement d'épaules, mais la plupart des gens sont polis et un peu embêtés de ne pas pouvoir m'aider, si bien qu'ils s'éloignent à pas pressés et reprennent leurs conversations sans un regard en arrière. Tous les soirs, je pars des abords de l'université pour finir dans le centre.

C'est au cours de ces nuits que je prends les photos: l'ombre de grilles, la chaussure rouge d'un enfant posée sur une des pointes, dans l'espoir qu'elle retrouve son propriétaire; les pattes de mouche blanches de nouveaux graffitis sur un bâtiment en ruine, de l'herbe et des épilobes poussant dans ses fissures ; un halo de néon reflété dans une vitrine, ressemblant à du pétrole dans l'eau ; les rangées de vélos de Belfast garés dans leur station, et dont le métal gris scintille sous les réverbères. Et je comprends alors la justesse de ce qu'a dit Ansel Adams : qu'on ne prend pas une photo seulement avec l'appareil, mais en y apportant toutes les images qu'on a vues, les livres qu'on a lus, la musique qu'on a entendue, les gens qu'on a aimés. Il me semble n'avoir jamais été aussi près de trouver cet instant sous la surface des choses, n'avoir jamais été aussi près de penser comprendre qui tu es, comme si ces photos entrevoyaient aussi ce qui existe en toi juste sous la surface. Elles me sont par conséquent précieuses, même si je ne les ai jamais montrées à personne. Et je me rends compte que la ville elle-même est un palimpseste où, derrière l'uniformité insipide des vitrines des grandes enseignes, demeure une vieille impression de ce qui existait auparavant. Je le vois au-dessus des larges baies vitrées, là où la solidité de la brique et les plus petites fenêtres ont été épargnées par le temps, m'offrant le rêve d'une possible renaissance. Et je me demande alors si, quand la neige finira par disparaître, le monde qu'on redécouvrira sera le même ou aura été modifié d'une manière inattendue.

Dans ces moments, aussi, la ville se dévoile et livre ses secrets. Ce qui de jour était une porte anonyme au rideau baissé se révèle être l'entrée d'une boîte devant laquelle des jeunes gens sur leur trente et un font la queue ; et le petit café, si morne en plein jour avec ses tables en formica et ses chaises en plastique, est rempli de chauffeurs de taxi et de fêtards qui se requinquent avant de repartir. Pour la première fois, je rencontre les sans-abri de la ville, ces malheureux qui élisent domicile dans des embrasures de porte, tentant de s'isoler du froid avec une couche de carton et des sacs de couchage crasseux et tachés. J'en dénombre environ six ou sept, tandis que d'autres qui font la manche aux endroits qu'ils estiment les plus prometteurs disparaissent plus tard dans la nuit pour rejoindre ce que j'espère être un toit et un lit. Je montre ta photo à des bénévoles d'une soupe populaire, mais après l'avoir examinée avec soin, ils s'excusent de ne pas pouvoir m'aider. J'ai bien envie de photographier ces gens qui dorment dehors, mais je n'y arrive pas, parce que je me fais l'effet d'être un voyeur, témoin du malheur d'autrui, un sentiment que je refuse d'éprouver quand je regarde dans l'objectif, et je ne peux pas risquer de leur voler la dignité qui leur reste. Inévitablement, je t'imagine dans la même situation, après quoi je ne peux m'empêcher de dérouler certains scénarios basés sur les conversations que j'ai eues avec ces dormeurs de la rue, où la probabilité de tomber sur un passant généreux est contrebalancée par le risque de subir un acte de violence gratuit de la part de ceux qui ont trop consommé d'alcool et que ronge l'amertume de la déception et de la haine de soi.

Par un type qui me dit s'appeler Chris, j'apprends l'histoire d'une jeune femme d'une trentaine d'années morte au cours de la nuit. Il y a aussi eu d'autres morts, plus que je ne le croyais possible. Après notre conversation, je vais au croisement entre Donegall Place et Castle Lane, devant l'entrée du magasin où elle est morte, dans le renfoncement, et je prends une photo de cet espace vide, que ma présence fait paraître plus vide encore. Et soudain je sens un même espace s'ouvrir à l'intérieur de moi, et au lieu de m'éperonner dans ma quête, il absorbe l'énergie dont j'ai besoin, au point que pendant deux nuits, je suis incapable d'y aller. J'ai l'impression que tout s'effondre, au moment où je sais devoir être fort, et je dois fournir un effort de volonté pour m'obliger à continuer. Lorna me dit que je devrais retourner chez le médecin, pour qu'il me donne ses petites pilules du bonheur, mais je ne peux m'y résoudre, parce qu'en dépit de leurs bienfaits, j'en mesure aussi les inconvénients – le filtre qui embrume les choses, le sommeil perturbé par des rêves et, par-dessus tout, la perte de l'intégrité de qui je suis et de mes sentiments pour elle. À l'heure actuelle, j'ai besoin de penser et de voir clairement, aussi difficile que ce soit.

Luke propose de m'accompagner certains soirs, mais ce n'est pas sa place, et je sais que quand je te retrouverai il faudra que nous soyons seuls tous les deux. Lilly te fait un dessin que je suis censé te remettre. On y voit quatre personnes – peut-être ou peut-être pas notre famille – qui font voler des cerfs-volants dont chacun a une couleur différente ; leurs fils s'entrecroisent, ce qui ne serait pas possible dans la vraie vie, mais paraît tout à fait sensé dans le dessin d'une enfant de dix ans. Je repense aux sans-abri que j'ai croisés et j'espère qu'ils ont tous pu trouver un toit. Je ne mets plus les pieds là-bas la nuit sauf quand c'est inévitable, alors il se peut que la ville ait maintenant d'autres secrets à révéler ; je n'ai plus jamais regardé les photos que j'ai prises.

Je me la représente en habits de neige, et je sais que tout ce que j'ai vu aura changé. J'imagine le drone de Luke en train de survoler la ville à haute altitude, de voir la neige qui enrobe les dômes verts de l'hôtel de ville, glace la nouvelle flèche de la cathédrale, nappe les grues jaunes et blanchit le berceau de montagnes. La neige recouvre-t-elle aussi ces rues secrètes où j'ai trouvé un refuge temporaire ? Je passe devant une espèce d'entrepôt ; des jeunes gens en bleus de travail en sortent et se lancent des boules de neige. Puis je me retrouve derrière une voiture arborant des bois de renne sur son toit. Je roule à présent vers le sud en direction de Gateshead pour la dernière étape de mon voyage, et je sais que Luke aura fait son sac et sera prêt à partir.

Je vais à la faculté des Beaux-Arts les premiers jours de la rentrée et m'adresse au bureau principal pour obtenir des renseignements sur toi, mais on m'éconduit pour cause de protection des données, aussi n'ai-je d'autre solution que de rester planté là à regarder le va-et-vient des étudiants. Je me dis que c'est facile de repérer les nouveaux, qu'ils ont l'air plus enthousiastes, à moins que ce ne soit de la timidité. Quoi qu'il en soit, c'est sans doute plutôt à leurs cartons à dessin tout neufs qu'on les reconnaît et au fait qu'ils n'ont pas encore trouvé de groupe d'amis auquel s'agglutiner. Le deuxième jour, un type m'aborde, ayant entendu ma conversation dans le bureau. Un enseignant du nom d'Alan, qui me demande pourquoi je te cherche, et je lui réponds que nous n'avons plus de nouvelles de toi et que nous nous inquiétons. Je pense qu'il veut s'assurer que je ne représente pas de menace et ne suis pas venu faire du grabuge. Une fois satisfait, il me redemande ton nom et me dit d'attendre. Précisant qu'il parle de manière officieuse, il m'informe que tu ne t'es pas inscrit, ni présenté aux premiers cours ; alors que je m'éloigne après l'avoir remercié, il me dit qu'il a un fils lui aussi et me souhaite bonne chance. Et je crois que c'est grâce à la chance que je finis par te retrouver. Par Luke, j'ai accès à ta page Facebook, qui n'a pas été actualisée depuis longtemps, mais en cherchant plus loin dans l'historique, je découvre trois photos d'une fille : sur l'une, déguisée pour Halloween, elle a le visage maquillé de blanc, les cheveux et les lèvres noirs, comme un membre de la famille Addams ; la deuxième est un selfie avec toi pris dans un bar, et la dernière la montre devant une pizzeria. Elle porte un pantalon et un haut noirs, qui me font penser qu'elle y travaille peut-être comme serveuse. Seules les trois premières lettres du nom du restaurant sont visibles, mais elles suffisent à l'identifier et je sais où il se trouve. Nous y avons fêté un anniversaire avec Lorna il y a quelques années. J'agrandis la photo et l'imprime. La fille paraît avoir ton âge ; elle a de longs cheveux auburn, des piercings aux oreilles et un dans le nez, et un fin tatouage en forme de vrille serpente au-dessus du col de son chemisier noir. Elle est le plus souvent appelée Katty, sans doute un surnom. Je n'ai pas son nom de famille, et j'ai beau chercher sur Facebook, je ne la trouve pas. Muni de la photo, je me rends au restaurant à l'ouverture, où l'on me dit qu'elle y a travaillé mais que ce n'est plus le cas, et qu'on n'aurait de toute façon pas le droit de divulguer des informations personnelles. Pendant que les employés se parlent entre eux, je les entends cependant prononcer un nom de famille et, de retour sur Facebook, je réussis à trouver son profil, mais je ne peux pas y accéder puisqu'il est privé. Je la demande en ami et, avant d'accepter l'invitation, elle m'envoie un DM pour savoir qui je suis. Je le lui dis et j'ajoute que je lui serais très reconnaissant de bien vouloir me parler.

Ses cheveux n'ont plus la même couleur que sur la photo, mais je n'ai pas de mal à la reconnaître quand on se retrouve dans le café qu'elle a choisi. Elle s'appelle Kate.

« Vous connaissez Daniel, n'est-ce pas ?

— Oui, mais ça fait un certain temps que je ne l'ai pas vu, répond-elle sans me regarder en face et en sirotant le café que je lui ai payé. Il a des problèmes ?

— Non, il n'a pas de problème – simplement, on ne l'a pas vu depuis un bout de temps et on voudrait savoir s'il va bien. Il devait commencer les cours à la fac d'art et il n'y est pas allé. Nous nous faisons du souci pour lui. »

Elle hoche la tête, mais ne répond pas tout de suite, comme si elle pesait le pour et le contre avant de m'aider. Pour ne pas lui mettre de pression, je lui demande d'où elle te connaît.

« On s'est rencontrés à une fête chez un ami. On s'entendait bien – on avait tous les deux pris l'option art au lycée, ce qui nous faisait un sujet de conversation. Mais on n'est jamais devenus très proches ni rien. Danny était marrant – c'est tout. Il ne prenait jamais rien trop au sérieux. »

C'est mon tour de hocher la tête pour montrer

que je reconnais la personne dont elle parle et pour cacher mon impatience. Elle paraît nerveuse et, en dépit de mes efforts pour la mettre à l'aise, sa nervosité semble augmenter. Je suis sur le point d'en venir au fait et de lui demander si elle sait où te trouver quand elle prend sa tasse à deux mains et, sans la quitter des yeux, me révèle ce qui l'a gênée.

« J'aimais beaucoup Danny ; pendant un temps, au début, j'ai cru qu'on pourrait être plus que des amis, mais… il y avait d'autres choses que je n'aimais pas. Et peut-être que vous le savez déjà, mais il n'avait pas de bons amis, il traînait avec des gens qui n'allaient pas forcément lui faire du bien.

— Des gens qui consommaient de la drogue ?

— Plein de gens consomment de la drogue, mais des trucs pas méchants. Si vous voyez ce que je veux dire. Danny, je ne sais pas trop pourquoi, a commencé à prendre celles qu'il ne fallait pas. Des drogues qui vous font côtoyer de sales gens. Qui ne sont plus pour faire la fête, mais pour autre chose. Et il a couru des risques. »

Elle lève les yeux sur moi une seconde puis jette des regards autour de nous dans le café. Repousse derrière son oreille la mèche de cheveux tombée sur son visage. Quand elle bouge la tête, ses piercings en métal accrochent la lumière.

« Il faut vraiment qu'on le retrouve. Qu'on l'aide, lui dis-je. Vous savez où il est ? »

Elle secoue lentement la tête et je n'arrive pas à décider si elle me dit la vérité ou pas.

« S'il vous plaît, Kate, aidez-nous.

— Ça fait longtemps que je n'ai pas eu de contact avec lui, je ne l'ai même pas revu depuis le printemps. J'aimerais vous aider, mais je ne crois pas pouvoir.

— Où habitait-il à l'époque où vous vous voyiez ?

— Quelque part dans le quartier de l'université, en Terre sainte, mais je n'y suis jamais allée et je ne sais pas où précisément. Je suis désolée. »

Là-dessus elle s'en va avec une hâte suggérant qu'elle s'inquiète d'en avoir trop dit, et j'ai à peine le temps de la remercier qu'elle a disparu dans la rue.

Je retourne au même point de départ tous les soirs et passe au crible les visages des foules d'étudiants, auxquels s'ajoutent de nouveaux arrivants d'origines ethniques variées. Je connais maintenant les vigiles qui sillonnent la zone pour mettre fin aux incivilités de certains étudiants qui depuis des décennies pourrissent la vie des habitants historiques. Je passe devant des maisons où les logements semblent pires que rudimentaires et qui ont été divisés et redivisés pour maximiser les revenus locatifs. Impossible de savoir si quelqu'un te reconnaît, puisque, solidarité générationnelle oblige, personne ne l'admettra : quelle raison auraient-ils de balancer un de leurs semblables à un homme qui a l'âge d'être leur père ?

Il pleut un soir, et il y a moins de monde dehors. Je m'abrite sous un des arbres bordant la rue et j'envisage de rentrer à la maison, mais je n'ai pas le courage de voir l'espoir sur le visage de ta mère céder la place à la déception, au moment où je franchirai la porte. Trois jeunes gens passent devant moi, apparemment indifférents à la pluie ; l'un d'eux porte un pack de bière, le deuxième pousse ce qui ressemble à un BMX d'enfant et le troisième tient trois cartons de pizza. Ils sont vêtus d'une espèce d'uniforme, bas de survêtement et sweats à capuche Canterbury, et ils se parlent sans quitter des yeux leurs portables. Puis ils s'arrêtent et lèvent la tête vers les maisons, et ils se disputent, bien que je n'entende pas à quel propos. Quand ils me voient sous mon arbre, l'un d'eux s'adresse à moi.

« Ça va, mec ? On cherche l'appart de Declan. Declan Rourke. Ça doit être par là, mais on n'a pas le numéro de la rue. Vous le connaissez ?

— Désolé. Vous ne pouvez pas l'appeler ?

— Ce connard ne répond pas. À croire qu'il veut pas de nous à sa fête. »

Celui qui tient le vélo me demande si je ne veux pas l'acheter, je répète « désolé », puis ils s'éloignent, les écrans de leurs portables allumant de petites lueurs dans l'obscurité du crépuscule. Ils lèvent les yeux vers toutes les fenêtres allumées et s'arrêtent, à l'affût de bruits de fête. J'hésite à les rattraper pour leur montrer ta photo puis je renonce, de plus en plus résigné à rentrer à la maison, un nouvel échec inscrit sur le visage. Une femme en hijab, portant deux sacs de courses, marche d'un pas fatigué.

La pluie a redoublé. Deux jeunes femmes passent devant moi, serrées épaule contre épaule sous un parapluie dont certaines baleines sont cassées, et poussent de petits cris quand elles se font tremper. Je les regarde traverser et entrer dans l'épicerie au coin de la rue, en face. Dans ma dernière tentative de la soirée, je les suis, évitant de justesse d'être éclaboussé par un bus, et je commence à sentir un froid de plus en plus pénétrant s'insinuer au fond de moi.

Il y a beaucoup de monde dans l'épicerie, mais les clients n'achètent guère plus de deux articles et repartent avec dans leurs mains. Vu l'affluence, il est difficile de montrer ta photo aux employés, jusqu'au moment où je repère un homme un peu plus âgé, que je devine être le patron, à côté des caisses, tenant une tasse de café. Lorsque je la lui montre, il est évident qu'il te reconnaît; il la regarde et me regarde comme pour chercher la ressemblance, puis pose sa tasse sur le comptoir.

« Le jeune Danny. Ouais, je connais Danny. Vous dites que vous êtes son père ? »

Quand je réponds oui, il secoue lentement la tête, ce que je prends d'abord pour une expression de sympathie, mais ensuite il dit : « Je vous souhaite bien du courage. Il ne vient plus ici parce qu'il est interdit de séjour. Il peut s'estimer heureux que je n'aie pas appelé la police, parce qu'une chose est sûre, ce n'était pas la première fois qu'il fauchait.

— Je suis désolé, lui dis-je, et je propose de rembourser ce qui a été volé, mais il refuse d'un haussement d'épaules. Vous avez une idée de l'endroit où je pourrais le trouver ? C'est très important.

— Je sais où j'aimerais bien le voir. »

Il est clair qu'il veut sa livre de chair. Je m'excuse donc une fois encore et tente de lui donner vingt livres, mais il secoue la tête.

« Ils sont tous pareils. Au milieu du premier trimestre, ils ont déjà dépensé tout leur fric, et si papa et maman ne sortent pas le chéquier pour les tirer d'affaires, ils viennent se servir ici comme si c'était une boutique solidaire. Rempochez votre argent – ce n'est pas vous qui me le devez, mais si vous le voyez, dites-lui qu'il est toujours interdit de séjour. »

Je promets de le faire, et quand je lui redemande s'il sait où je pourrais te trouver, il se tourne pour appeler un de ses employés à la caisse. La réponse fuse : « Quelque part dans Palestine Street.

— Quelque part dans Palestine Street », dit-il en écho, au cas où je n'aurais pas entendu, puis il reprend sa tasse.

C'est à cinq minutes à pied, sous la pluie qui continue de tomber et fait briller la chaussée et les toits des maisons. Il n'y a presque plus personne dehors – deux femmes en train de courir, quelqu'un sur un vélo sans lumières. Des bennes sont installées devant plusieurs maisons, que l'on vide ou que l'on rénove. La rue étroite descend jusqu'au fleuve, et on a l'impression qu'il en émane une humidité qui s'enroule autour des maisons de briques rouges et des voitures garées devant. Entre l'humidité et la pluie, les maisons semblent se fondre les unes dans les autres, et tout paraît flou. Je ne sais pas où commencer ; sans raison, je vais vers le bas de la rue où il y a davantage de panneaux « À louer ».

Deux hommes, peut-être des Roumains, se disputent au sujet d'une voiture, dont l'un d'eux semble pointer les défauts ; à un moment il frappe le toit, faisant gicler dans l'air une petite gerbe d'eau. Je m'approche puis j'attends qu'ils aient fini de se crier après et se soient rendu compte de ma présence. Je m'excuse de les déranger et leur montre la photo. Ils confèrent l'un avec l'autre, et je crains qu'ils ne recommencent à se quereller, mais alors le plus jeune fait un geste en direction d'une maison de l'autre côté de la rue, et quand je pointe le doigt sur celle que je crois qu'il me désigne, il hoche vigoureusement la tête avant de reprendre la dispute.

Les rideaux de la pièce de devant sont fermés. De l'imposte au-dessus de la porte pleine filtre une lumière jaune sale. J'appuie sur la sonnette, mais n'entendant rien à l'intérieur, je toque puis toque encore à la porte. Elle finit par s'entrebâiller juste assez pour qu'un homme me voie sans trop se montrer. J'essaie d'expliquer, mais il secoue la tête comme s'il me prenait pour un démarcheur, et je n'ai que le temps de lever la photo dans le rai de lumière au moment où il s'apprête à refermer. La porte s'ouvre. Il y a deux vélos posés contre le mur dans l'entrée et une pile de cartons de ce qui ressemble à de l'huile alimentaire, le tout imprégné d'une odeur âcre de cuisine et peut-être d'égout. L'homme ne dit rien mais montre le haut des marches.

L'escalier est recouvert d'une moquette spongieuse bon marché, dont les bords gondolent sur certaines marches si bien que je monte lentement et avec précaution. Au mur, un papier peint tontisse fleuri des années 1970, déchiré par endroits. Je m'arrête à mi-chemin et envisage de faire demi-tour. L'homme qui m'a ouvert la porte a disparu dans la pièce de devant, d'où me parvient le son d'une télévision. Alors arrête-toi, reviens sur tes pas et retourne là où les rues mouillées offrent encore la possibilité de retrouver le monde tel qu'il était avant.

Passé ce moment, l'histoire ne pourra plus être racontée autrement, tu ne pourras plus réagencer les images gravées dans ta mémoire, l'issue sera toujours la même, mais tu ne pourras plus y arriver par un chemin différent et peut-être meilleur. Un chemin qui offrirait l'espoir d'une plus grande compréhension, une perspective de réconfort. Des marches à monter. Parfois, ce sont les marches de la maison de Luke, que j'emprunte jusqu'à sa chambre, nichée sous le toit au deuxième étage, et qui lui avait plu parce qu'il la trouvait grande et pensait y avoir plus d'intimité. Il y attend maintenant mon arrivée. M'attend pour que je le ramène à la maison. D'autres fois, ce sont les marches de chez nous que je ne monte qu'après avoir vérifié toutes les portes, m'être assuré que la chaîne n'est pas mise sur celle de l'entrée et que la lumière du porche est allumée, parce que quand je me coucherai à côté de Lorna elle me demandera si je l'ai fait. Et si un soir j'oublie, elle repoussera la couette et descendra pieds nus ces mêmes marches, chacun de ses pas décidés sonnant comme un reproche contre ma négligence. La photo du vestibule de Lowry prise par Denis Thorpe après la mort du peintre, quand il était tombé sur des hommes commençant à vider la maison et les avait persuadés de le laisser garder une trace de l'intérieur. Deux manteaux et des chapeaux dans une entrée baignée d'ombres. Du papier peint tontisse. Je le touche puis retire ma main devant sa froideur.

Après, quand tout a été fait, une policière me raccompagne à l'endroit où j'ai garé ma voiture. Elle me propose d'appeler quelqu'un susceptible de venir me chercher pour me ramener chez moi, mais je lui dis que je suis en état de conduire. Elle m'effleure le bras avant de s'en aller. Je ressens intensément ce contact, conscient ne serait-ce qu'une brève seconde que j'existe encore en tant qu'être physique, parce qu'à partir de ce moment, le monde matériel abandonne toute réalité tandis que la vie n'est plus qu'un flot de pensées et d'images qui vont et viennent et auxquelles il est impossible d'échapper. Après son départ, je suis cependant incapable de monter dans la voiture ; je ne peux pas ramener la chose à la maison, à ma famille. Je ne suis pas prêt. Je marche jusqu'au fleuve dans un effort désespéré pour rassembler la force de faire le trajet jusqu'à la maison et me préparer à ce que je dois dire. Sa surface est criblée de pluie et je serre fort la rambarde, tentant de retrouver, même brièvement, la réalité de mon existence charnelle. L'eau est noire, mais huileuse et constellée par endroits d'un poudroiement de lumière tremblante. Ta peau contusionnée et décolorée, comme si la décomposition et le pourrissement à l'œuvre à l'intérieur de toi remontaient progressivement à la surface, et le peu de lumière en provenance de la rue est incapable de te redonner vie ou une deuxième chance. Je le sais à la seconde où j'ouvre la porte. À la fixité de ton corps, recroquevillé sur le matelas, prisonnier d'une immobilité rigide qui m'arrache un cri, et c'est ton nom que je crie parce que je ne reconnais pas cette immobilité en toi, je n'ai aucun souvenir de t'avoir vu ainsi entravé. Et la pièce est dépouillée : il y a une unique chaise sur laquelle sont posés tes vêtements, un deuxième matelas et une armoire dont la porte manquante révèle qu'elle ne contient que quelques cintres en métal. Je répète ton nom, encore et encore, plus fort chaque fois, comme si tu étais redevenu un petit enfant et que je voulais te ramener en sécurité. Te faire redescendre des hauteurs, sortir de l'eau trop agitée. Te ramener vers l'amour. Reviens, Daniel, même maintenant, reviens vers moi sur cette route enneigée et j'arrêterai la voiture pour te faire monter, je mettrai le chauffage à fond pour te réchauffer. Te ramènerai à la maison.

« Ça va, mon vieux ? » me demande un homme. Il s'est arrêté dans sa course, parce qu'il croit que je vais peut-être me jeter à l'eau.

« Ça va, merci, lui réponds-je, tentant de maîtriser le tremblement de ma voix. Je regarde le fleuve, c'est tout.

— Je peux rester avec vous, regarder le fleuve avec vous, dit-il, et son gilet fluorescent me fait mal aux yeux.

— C'est gentil, mais je vais rentrer chez moi. Bon jogging. »

Il reste près de la rambarde jusqu'à ce que je commence à m'éloigner. Est-ce que j'ai jamais pensé me jeter à l'eau depuis cette nuit-là ? Oui, j'y ai pensé, et c'est un murmure que j'entends parfois quand le sommeil me fuit dans les heures précédant l'aube ou quand je suis seul en voiture, mais jamais je n'écouterai cette voix parce que ma famille a besoin de moi, a plus que jamais besoin de moi, aussi dois-je trouver où je peux la force de continuer. Tout comme je continue à rouler sur cette route pour ramener Luke à la maison. Un matelas et un sac de couchage. C'est tout. Aucun des accessoires qu'on voit dans les films – pas de seringues, ni de garrot, pas de briquet, ni de papier d'alu, pas de pipe, ni de petite cuillère. Le dépouillement de cette chambre. Chaque fois que j'entre dans la tienne, que Lorna n'est pas encore prête à transformer, je me la remémore et elle essaie de prendre la forme de cet espace que nous considérions comme tien, repoussant les souvenirs plus anciens que ta chambre veut conserver. Personne n'est capable de nous dire pourquoi ton cœur a lâché. On trouve des traces de différentes choses. Et peu importe. Lilly veut te voir, mais le cercueil est fermé parce que ton état ne permet pas qu'on te voie. Nous sommes plus petits tous les quatre, repliés sur notre silence, ne sachant pas ce que nous devons nous dire, et nous avons peur parce que la tombe nous met face au territoire vibrant de la mort. Avec un père et à présent un fils dans cet endroit, je suis dans un no man's land entre ce qui aurait dû être l'avenir et le passé qui a été, sans savoir auquel des deux j'appartiens. Ça m'inquiète que Luke veuille y retourner pour faire son film, mais je sais que je l'accompagnerai et l'aiderai de toutes les façons possibles, à supposer qu'il ait besoin de mon aide.

Au cours des semaines suivantes, Lilly installe une appli sur mon portable. Tout le monde l'a dans sa classe, et sa fonction consiste à mesurer le nombre de pas qu'on fait par jour. D'après Lilly, je suis censé en faire dix mille. Mais tout ce que l'appli enregistre, c'est mon inertie, mon nombre de pas dérisoire, parce que tout semble désormais à l'arrêt et impossible à remettre en marche. Dormir, regarder la télé dont le volume est au plus bas, sans avoir aucune idée de ce que je regarde. Même quitter mon fauteuil pour aller dans mon studio s'apparente à un trek difficile, semé d'obstacles et de dangers. Et le monde fait trop de bruit – le vrombissement de l'aspirateur, le hurlement frénétique du dernier cycle du lave-linge, et même les couverts propres qu'on range dans le tiroir de la cuisine. Tous ces sons me lacèrent, me donnent envie de nager dans un silence total sous la surface d'une eau profonde, de sentir la glace se refermer au-dessus de ma tête. Pour Lorna, c'est l'inverse. Elle ne tient pas en place et s'est lancée dans une activité dont elle doit espérer qu'elle endiguera ce qu'il y a à l'intérieur et menace à tout moment de déborder et de la noyer. Elle a choisi de poser les pieds en terrain plus stable et elle nettoie, lave, défait les lits, remet en état la maison en disant qu'elle a été négligée, que tout commence à paraître usé et en manque de rafraîchissement. Je veux la supplier d'arrêter, mais je ne peux pas, si bien que j'essaie de me dissocier des bruits qu'elle fait en pensant peut-être pouvoir disperser les esprits qui se sont installés dans notre maison. Et parfois, Lilly nous demande à tous deux de révéler le nombre de pas que nous avons effectués, et l'écart est si grand qu'il m'arrive de me demander si nous survivrons à la chose, ou si chaque jour nous éloigne un peu plus l'un de l'autre.

Nous choisissons des photos pour le service funèbre, qui sont projetées sur le mur derrière l'enceinte diffusant « Porcelain » de Moby. Les gens ne comprennent pas les photos. Ils pensent qu'elles figent toujours l'instant dans le temps, alors qu'au contraire, elles l'en libèrent, et ce que l'appareil a saisi échappe à jamais à son écoulement. De sorte que ça existera toujours, vivra toujours tel qu'en cette seconde précise, avec le même sourire ou le même air renfrogné, la même couleur de ciel, la même lumière ou la même ombre, la même pensée ou le même battement de cœur. C'est l'éternel qui est libéré dans la soudaine immobilité créée par le clic de l'appareil photo. Le fait de le savoir me réconforte, et j'accepte le réconfort d'où qu'il vienne. Les photos de Daniel choisies par Lorna sont anciennes, elles montrent un garçon encore accroché au bonheur. Je la comprends, et je les aime aussi. Les deux dernières projetées sur le mur sont les plus récentes, et son visage n'apparaît sur aucune des deux. Sur la première il traverse le pont – je l'ai prise avant qu'il me voie –, il s'éloigne au-dessus d'un gouffre pour rejoindre l'autre côté ; sur la deuxième, il regarde vers le large, debout sur les rochers, et semble tout petit comparé à l'immensité et à la puissance de la mer. Ce sont ces photos-là qui me déchirent le cœur, parce qu'il y est seul, comme il l'était à la fin, alors que j'aurais dû être avec lui dans cette chambre, à retirer les mots que j'avais prononcés sous l'emprise de la peur et de la colère, à récupérer mon fils pour le rendre à sa famille.

La circulation ralentit et finit par s'arrêter. Au début je ne comprends pas pourquoi, puis alors qu'on redémarre au pas, je vois un policier muni d'un bâton lumineux qui freine et régule le flot. En approchant, je remarque la petite guirlande de Noël autour du manche du bâton. Je baisse ma vitre, et il m'explique qu'un camion s'est mis en travers de la route, puis me recommande de rouler lentement et de suivre les instructions. Mais bientôt, nous nous retrouvons à l'arrêt complet le temps que passent les voitures arrivant en sens inverse. Je vérifie qu'il n'y a pas de policier à la ronde et je téléphone à Lorna, parce que j'ai très envie d'entendre sa voix.

« Ça va ? demande-t-elle, et je me rends compte que mon coup de fil lui fait tout de suite craindre qu'il soit arrivé quelque chose.

— Tout va bien. Je ne suis plus très loin. Mais je suis à l'arrêt parce qu'un camion bloque la route un peu plus loin.

— Tu arriveras à temps pour le bateau ?

— Je pense que oui, sinon on prendra le suivant.

— J'ai entendu que l'aéroport rouvrait.

— La loi de Murphy, mais la plupart des vols sont complets jusqu'à Noël – pas sûr qu'on aurait pu lui trouver une place.

— Luke a appelé, il commence à se sentir un peu mieux. Mais assure-toi tout de même qu'il continue à s'hydrater et prenne les cachets.

— Ce dont il a besoin, c'est de rentrer à la maison se faire dorloter. Ça va aller. »

La circulation n'a toujours pas bougé. Certaines des voitures venant vers moi ont leurs feux de position allumés, et je suis leur exemple. Après un moment de silence, je lui demande : « Ça y est, tu as allumé les lumières extérieures ?

— Oui. Et je les laisserai pour que Luke puisse les voir si vous arrivez tard.

— Comment vas-tu ? » La question est sortie presque toute seule.

« Comme ci, comme ça. Ça dépend des moments. J'irai mieux quand vous serez tous les deux à la maison.

— Et Lilly ?

— Elle est surexcitée. On faisait de la pâtisserie. La cuisine est sens dessus dessous.

— Tu peux me la passer ? »

J'entends Lorna lui dire que son père veut lui parler.

« Salut, Lilly.

— Tu es où maintenant ?

— Plus très loin. Presque arrivé.

— Ça t'a pris longtemps. Luke doit en avoir marre d'attendre.

— C'est un long voyage. Qu'est-ce que vous préparez ?

— Des sablés en forme de feuilles de houx.

— Excellent. Peut-être qu'on te verra bientôt dans *Le Meilleur Pâtissier*, ou que ce sera toi la nouvelle Meilleure Pâtissière.

— Très drôle. »

Un silence, puis j'entends de nouveau la voix de Lorna.

« Bon, Tom, sois prudent, et ne te dépêche pas pour attraper à tout prix le prochain ferry si tu juges préférable de prendre ton temps pour rentrer à la maison en sécurité. Même si c'est le dernier, j'attendrai. J'ai plein de choses à finir. Des trucs à emballer, ce que je ne peux pas faire tant que tu sais qui est dans les parages. »

Je lui dis au revoir sans formuler les questions que j'avais en tête – si nous allons nous en sortir, garder la tête hors de l'eau, comment nous pourrons protéger nos enfants tous les jours jusqu'à la fin de notre vie. Si elle réussira à me pardonner. Je voulais aussi lui dire que j'allais faire plus d'efforts ce Noël que je n'en ai jamais fait, quoi que je ressente à l'intérieur. J'en fais la promesse à voix haute dans le silence de la voiture et serre plus fort le volant, comme pour donner à ces mots une réalité physique.

Nous recommençons à avancer, mais lentement, puis nous suivons une chicane de cônes orange, longeant le camion accidenté pendant qu'une policière nous fait signe de circuler, et bien entendu, tous les conducteurs tournent la tête pour contempler le spectacle. Le véhicule ne semble pas avoir percuté autre chose que des broussailles, et rien ne s'en est échappé. Je pense à Rosemary, me demande comment elle va, si ses blessures se sont révélées plus graves qu'elle ne le croyait ; si c'est sa fille, infirmière à l'hôpital, qui s'occupera d'elle. Bizarre de se faire soigner par son enfant, mais j'imagine qu'à la fin, il n'y a pas moyen d'échapper à cette inversion des rôles. Je me demande aussi pourquoi Luke veut filmer dans le cimetière, et s'il a été contaminé par quelque fascination morbide pour les rituels de mort. Je ne le lui ai pas dit, mais je connais la section dont il parle, parce que je l'ai traversée un après-midi quand ma mère m'avait chargé d'aller vérifier que la pierre tombale de mon père était conforme à ce qui avait été convenu. Le cimetière est principalement occupé par des tombes traditionnelles, et les décorations y sont interdites afin que la pelouse puisse être tondue, mais de l'autre côté de la route il existe une étrange zone arborée, où les familles ont personnalisé la dernière demeure de leurs êtres chers, si bien que c'est une mer de photos sous verre, de peluches et de souvenirs, de capteurs de soleil, de mobiles éoliens, de cristaux, de rubans et de serpentins accrochés aux branches. Les écharpes et autres accessoires associés à des équipes de foot sont très présents, et il y a des mémoriaux en hommage à des bébés morts. C'est un endroit étrange, auquel ces offrandes en forme de talismans confèrent une dimension plus primitive et superstitieuse et, malgré les objets modernes, on a l'impression de s'être aventuré dans un site funéraire antique, en dehors du monde conventionnel.

La route devant moi est maintenant dégagée, et le GPS me dit que je serai chez Luke dans vingt-cinq minutes. Bien que j'aie commencé à envisager de quoi nous parlerons, quelle musique nous pourrions écouter, je change soudain d'itinéraire. Rien de tout ça n'est prémédité. Ça n'a pas de sens. Un élan plus fort que la raison me pousse pourtant à quitter la route et reconfigurer le GPS, même si j'entends presque sa stupéfaction devant cette modification de dernière minute du chemin balisé avec tant de précision. J'ai aperçu l'Ange il y a quelques minutes, se dressant soudain, tellement plus grand que ne le laissent imaginer les photos, et je me dis que ça sera vite fait. Qu'il y a encore le temps. Que j'ai encore le temps de retrouver mon fils et de le ramener à la maison. Je ne suis pas croyant, mais je songe à ceux qui ont traversé des déserts et des plaines poussiéreuses, suivant ce que l'on peut assimiler à la foi, pour découvrir que le voyage se terminait dans un endroit auquel aucun d'eux ne s'attendait. J'ai beau ne pas avoir la foi, il y a eu des moments où j'aurais bien aimé qu'elle me trouve, parce qu'elle permet d'accéder à des choses inatteignables sans elle. Des choses séduisantes aux yeux de la personne que je suis devenue. Le pardon, la possibilité de voir nos péchés devenir aussi blancs que la neige la plus pure, de croire que tout fait partie d'un dessein qui, quoique déroutant, s'éclairera dans l'avenir. La possibilité, aussi, d'être soulagé de la douleur. D'avoir autre chose à suivre que notre propre folie, quelque chose qui nous guide vers ce que le pasteur, devant la tombe de mon père, a appelé « la bienheureuse certitude ».

Je ne possède pas cette bienheureuse certitude et ne pense pas la posséder un jour, mais d'où que vienne cet élan, je sais que je dois aller là où il me porte. C'est peut-être la seule forme de foi qui me soit aujourd'hui accessible, alors je ne peux pas l'ignorer, ni la mettre simplement sur le compte de la confusion qui domine désormais tous les aspects de ma vie. Et pour la première fois depuis que la chose est arrivée, j'ai envie de prendre une photo, parce que si je réussis, il y a un espoir que je réussisse à réparer d'autres choses. J'ai envie de prendre une photo de cet ange qui se dresse très haut au-dessus du paysage et exerce sa domination sur tous ceux qui sont en dessous. Je suis les indications données par une femme dont la voix m'a amené en sécurité jusqu'ici, mais que je n'ai jamais vue – est-il possible qu'elle soit la seule en ce monde à comprendre ce qui me fait dévier de mon itinéraire préétabli et parcourir la courte distance jusqu'au parking où n'est garée qu'une seule autre voiture ? Le jour commence à baisser ; d'après les traces de pas dans la neige, beaucoup de gens sont venus ici aujourd'hui, et des sillons me laissent penser que des enfants ont fait de la luge.

Un message arrive sur mon portable. Il est de Rosemary et dit : « Tom, rien de cassé. On me garde pour la nuit par précaution, mais je serai à la maison demain matin. J'espère que Luke et vous rentrerez chez vous sans encombre. Un grand merci encore une fois. Joyeux Noël, Rosemary. » Je lui réponds que je suis content pour elle et lui souhaite le meilleur, sans préciser où je suis. Je ne peux le dire à personne, parce que je ne suis pas censé être là et que je serais incapable d'expliquer ma présence ici si on me posait la question.

Quand je sors de la voiture, j'ai les jambes et le dos raides. J'enfile mon blouson et remonte la fermeture Éclair jusqu'en haut pour me protéger du froid qui m'assaille soudain de toute part. Je cherche mes gants, mais je ne sais pas où je les ai mis. Un couple redescend du monument, accompagné de deux jeunes enfants qui gambadent devant et shootent dans la neige avec leurs bottes en caoutchouc. Un nuage d'haleine sort de leurs lèvres à tous, et nous nous souhaitons un joyeux Noël en nous croisant, comme si nous étions des personnages dans une nouvelle de Dickens.

Mes deux fils à moi – la fierté que me procuraient ces mots dont l'écho résonne à travers les années. Ils sont jeunes et tout excités de camper dans la forêt de Tollymore, à tel point qu'ils gambadent et sautent comme si leurs corps ne tenaient pas dans les limites d'une marche normale, et nous savons que nous devons les fatiguer si nous voulons avoir la chance de dormir cette nuit. Nous les emmenons le long de la rivière et dans les bois, et les voilà qui lancent des cailloux dans le torrent blanc, puis traversent pour aller chercher des poissons dans les ombres sous les blocs de pierre gris de l'autre rive. Des appels à la prudence sur les lèvres de leurs parents, mais des sourires également, et leur excitation est contagieuse si bien que nous aussi nous sentons libres, et une partie de moi a envie de frimer devant eux, de leur montrer que je peux partager cette énergie qui les anime. La meilleure phase, quand un enthousiasme commun est encore possible, qu'une nouvelle expérience ne demande qu'à être tentée, que rien n'est forcé, qu'on a l'impression de voir le monde pour la première fois. Le voir à travers des yeux d'enfant.

La famille commence à ranger ses affaires dans le coffre de la voiture, les deux enfants se lancent de la neige pendant que leurs parents leur demandent de se tenir tranquilles le temps de défaire leurs anoraks. Mes enfants à moi ont repéré un poisson minuscule et nous pressent de les rejoindre sur la rive pierreuse, mais au début on ne le voit pas, même s'ils crient et le pointent du doigt, parce que contrairement aux leurs, nos yeux ne sont pas vifs et grands ouverts, et parce que la surface est mouchetée d'ombres. Soudain, ils ont la voix exaspérée du parent dont l'enfant ne voit pas ce que lui-même est capable de distinguer, et enfin nous le voyons et ils sont ravis, comme s'ils nous avaient révélé un peu de la magie du monde. Comme s'ils nous avaient appris à voir. Après quoi nous les saisissons sous les bras et faisons semblant de les balancer au-dessus de l'eau pour attraper le poisson, et ils poussent des cris de peur feinte, et nos corps sont liés comme ils ne le seront plus jamais. Suspendus au-dessus de l'eau. Maintenus en sécurité.

Je regarde la voiture s'éloigner, ses gaz d'échappement rauques formant une écume noire sur le fond blanc. L'air est froid sur mon visage et me pique les oreilles, mais le temps d'un souvenir de quelques secondes, je sens le soleil passer à l'oblique entre les arbres et effleurer l'eau d'un rai de lumière dans les reflets duquel frémit une profusion d'insectes minuscules. Une libellule. Un autre poisson. Un bout de branche semblable à un petit bateau entraîné par le courant. Nous planterons notre tente ici, vivrons à l'intérieur de ce moment, et ainsi nous n'aurons pas à être emportés par le cours du temps. Je sais que tu aimes bien cet endroit et, oui, nous pourrons apprendre à pêcher et à faire du feu. Restons donc en sécurité dans ce moment, et que rien, jamais, ne nous en éloigne.

Il y a des pierres de gué placées à intervalles réguliers sur la rivière, entre lesquelles l'eau file puis dégringole dans le bouillonnement blanc du niveau inférieur. Un défi à relever, mais ces pierres sont larges et planes, solides sous les pieds, et comme ce n'est pas assez difficile, vous vous lancez d'autres défis, d'abord traverser à cloche pied ; malgré les mises en garde de vos parents, vous êtes résolus à montrer votre courage et, même quand Lorna vous demande d'arrêter, Daniel déclare qu'il va le faire les yeux fermés, et j'ai beau lui dire que c'est idiot et qu'il va tomber, il s'exécute à pas parfaitement mesurés, et nous ne savons pas si nous devons nous fâcher ou applaudir. Quand Luke, se sentant éclipsé, veut copier l'exploit de son frère, nous l'attrapons tous deux et le lui interdisons. Lorna le serre fort contre elle, et nous contemplons tous le flux en apparence incoercible de l'eau.

Des marches nocturnes à travers la ville. Des jeunes gens, galvanisés par l'excitation dans le quartier de la cathédrale, les talons des filles vacillant sur les pavés des rues. La cité circule ici comme le fleuve coule en dessous. Qui peut dire où ça nous mènera ? Je scrute les visages, mais qu'est-ce que je cherche ? Une rencontre de hasard ? Mon fils ? Autre chose que je ne sais pas nommer ? La lumière à l'entrée et dans les vitrines des bars et des restaurants est comme une invite, mais quelque chose m'empêche toujours d'y pénétrer. Des groupes en sortent pour boire sous les guirlandes de lumières extérieures, et les jeunes sont vêtus comme s'il ne faisait pas froid. Tandis que je m'approche de l'Ange, mes mains tremblent et je ne sais pas pourquoi. Chaque fils est-il voué à devenir son père ? Ces mains tremblantes sont-elles sa façon de survivre en moi ? Parfois dans un miroir, quand je surprends par hasard mon reflet, j'ai l'impression de voir son visage, et c'est vers lui que le temps m'emporte, en lui qu'il me transforme. Vers la fin, j'avais envie de l'entourer de mes bras, pas par amour, mais pour qu'en le serrant fort, ces tremblements que je sentais se communiquer à moi s'apaisent et que le monde recouvre son équilibre. Et je ne veux pas que mon fils devienne moi. Quoi qu'il se passe à l'intérieur, que jamais il ne voie mon corps trembler et, s'il le peut, qu'il me prenne dans ses bras uniquement par amour. Qu'il soit meilleur que son père et sache mieux que lui saisir le bonheur.

Les sentiers menant au monument ont disparu sous la neige, mais je suis les traces laissées par d'autres, et alors que je monte vers lui entre les arbres dont les branches ont l'air fossilisées en corail blanc, ses ailes paraissent soudain se déployer au-dessus de ma tête, bien que je sois encore à une certaine distance. Malgré son gigantisme, le corps penché vers mon approche est totalement humain – dans sa jambe musclée, le renflement de ses fesses, l'inclination de sa tête –, pourtant ce sont ses ailes nervurées qui, par leur immensité, dominent le paysage, le ciel et ce qu'on ressent. Ce n'est pas que je me dérobe, mais pour l'instant mes mains tremblent trop pour que je puisse prendre la photo. Je n'ai pas beaucoup de temps et la lumière décline. Je voudrais entendre le son des voix de ma famille, sauf que je ne peux les appeler sans leur révéler que je me suis arrêté dans mon voyage. Encore une promesse qu'ils s'imagineront que j'ai rompue.

Parfois, je ne peux m'empêcher de penser que la nuit où nous avons enfumé les chauves-souris pour les chasser de leur abri secret, les envoyant voleter, affolées, dans l'obscurité, j'ai dérangé quelque ordre naturel, et déclenché tout ce qui s'est ensuite produit dans ma vie. Mais je m'en veux de chercher quelque chose sur quoi rejeter la faute, c'est une faiblesse en moi qu'aucune pilule ne guérira jamais. D'autant que pour être franc, je ne crois plus qu'il existe un ordre, quel qu'il soit ; s'il a jamais existé, il a été brisé et, en dépit de nos efforts, jamais on ne réussira à le restaurer. Une bouffée de honte, aussi, me saisit au souvenir de toutes les fois où je me suis laissé aller à envisager de lâcher prise ; en levant les yeux vers l'Ange, je sais cependant que ce n'est pas mon corps que je veux déposer dans cette tombe de neige immaculée, mais les trucs moches que j'ai faits, les erreurs commises, les défauts qui ont germé en moi et que j'ai laissés croître. Chaque mot prononcé. Voilà ce que j'ai envie d'enterrer dans cet endroit qui me semble le plus sacré où je me suis jamais tenu.

La température chute. Des jeunes gens et des jeunes femmes dorment dans les anfractuosités de la ville. Faites qu'ils trouvent un abri. Que ceux qui passent fassent une halte dans leur voyage, devant l'entrée d'un magasin où une jeune femme est morte. Qu'ils voient eux aussi une chambre dépouillée, avec deux matelas.

Des sacs de couchage en guise de literie. Une penderie vide. Je regarde mes mains aux doigts épais qui tiennent l'appareil photo, et je me souviens des clichés des mains de Georgia O'Keeffe faits par Stieglitz – sur tous, elles sont vivantes, expressives, belles. Tes mains la première fois que je t'ai tenu dans mes bras, quand je me suis demandé comment la vie pouvait être dupliquée et réduite à une telle perfection, pensant qu'elles venaient d'être sculptées dans de l'argile humide. Les mains de mon fils, l'incarnation physique de la vie que j'avais contribué à mettre au monde. Rien n'a jamais pu rivaliser en force avec cette prise de conscience. Ni dans l'album de photos. Ni dans la restitution à la terre.

J'essaie désespérément de disposer d'heureux souvenirs d'enfance autour de ta tête, mais ils ne tiennent pas et dégringolent. Je cherche quelque chose à quoi me raccrocher. Pour ne pas tomber. Je pense à toi sur le pont de corde, traversant ce gouffre d'air et d'espace, au fait que tu n'avais pas peur, que tu n'as jamais connu la peur, et j'espère par-dessus tout que dans ces instants ultimes, tu as fermé les yeux sans qu'elle t'effleure, au moment d'entamer la traversée. Une traînée de condensation s'imprime dans le ciel. Les avions volent de nouveau, et même si la neige finira par fondre, je voudrais qu'elle tienne suffisamment longtemps pour que nous restions enfermés pendant ces vacances, que nous nous étreignions, en sécurité. Je songe au feu allumé par Lorna, aux lumières à l'extérieur de la maison, et puise assez de force dans ces images pour apaiser le tremblement de mes mains et photographier l'Ange. Je veux saisir sa dimension, sa puissance, l'envergure de ses ailes, je veux emporter cette image partout où j'irai dans l'avenir. J'ai décidé de montrer les photos que j'ai prises ces nuits-là ; elles seront peut-être la dernière offrande que je te ferai, si tu veux bien l'accepter, et croire que chacun de ces pas a été franchi par amour.

J'ai une dernière chose à faire, dont je n'ai pas été capable jusqu'ici. La photo ne m'a pas quitté, je sais qu'elle est là, j'y ai pensé si souvent qu'elle est désormais indissociable de la personne que je suis devenue. Mais je ne l'ai jamais regardée, pas une fois, de peur que tout s'effondre ; et je continue, dans la solitude de ce lieu, à chercher un moyen d'éviter ce qui doit être fait, je prie qu'on me l'épargne. Je reste là à regarder les morceaux de bleu cassés dans le ciel pâlissant, à écouter le bruit de la circulation, avec l'espoir d'entendre une voix qui me guide. L'Ange venu visiter Joseph lui a dit de ne pas avoir peur, parce que ce qui était conçu l'était du Saint-Esprit ; je me dis qu'il est temps de maîtriser ma peur et de m'exécuter. Que mon geste était seulement dicté par l'amour. Alors je rallume mon appareil, trouve le fichier bien caché et j'ouvre la photo que j'ai prise de mon fils mort. La dernière photo de mon fils. Je m'oblige à la regarder, j'essaie de me remémorer une prière à dire, mais aucun mot ne vient, puis j'appuie sur effacer et le laisse partir.

Je tombe à genoux et me retiens de vomir en ramassant une poignée de neige que je presse contre ma bouche. Quiconque arriverait et me verrait en cet instant croirait que je me prosterne devant l'Ange, que j'implore la magnitude qui se tient devant moi. Le tremblement de mon père s'est enfoui à l'intérieur de mon corps, faisant frissonner tout mon être. Je suis pris d'un haut-le-cœur, mais rien ne sort, et c'est seulement par un effort de volonté que je parviens à ne pas céder à l'invitation de la neige, qui me murmure de m'endormir.

Puis j'entends la voix de Lorna, tant d'années plus tôt, me dire de regarder mon fils avec mes yeux et en relevant la tête, c'est ce que je tente de faire. Avec mes yeux. Uniquement avec les yeux. Un petit garçon qui franchit des pierres de gué, les paupières fermées. Un garçon qui manque me bousculer dans sa hâte à entrer dans le salon le matin de Noël. Ses cadeaux pour sa mère et son père, emballés n'importe comment – une paire de gants en laine pour moi, du parfum pour Lorna. La musique qui sortait jadis de sa chambre. Lui me racontant avec un sourire qu'il avait rencontré une fille et qu'elle lui avait dit que quand elle écoutait Bob Marley chanter que tout irait bien, elle le croyait. Le croyait vraiment. Le garçon qui chevauche la crête d'une vague sur son bodyboard, son visage souriant levé vers nous tandis qu'il fonce vers le rivage au moment où elle se brise. Cette fois où nous étions assis dans la voiture et avions regardé la mer, tenant les frites dans leur cornet en papier de nos doigts chauds et salés. La traversée du pont qui n'effrayait que moi. Les trois portraits qu'il a faits du vieil homme – le vieil homme que je serai un jour, dont la vie n'existe plus qu'à travers des souvenirs. Les endroits secrets en ville où j'ai un jour cherché un refuge et qu'il parcourra peut-être de nouveau avec son père s'il m'autorise à les montrer au monde.

Je lève les yeux vers l'Ange qui offre un abri sous ses ailes, mais je sais que je veux encore prendre une photo ; je me concentre sur ma respiration pour tenter de recouvrer mon calme puis me relève lentement de la neige. Je rebrousse chemin, retourne à la voiture et, comme elle a l'air de frémir d'impatience, je lui dis qu'elle n'aura que quelques minutes de plus à attendre. Quelques minutes avant de parcourir la dernière partie du voyage et de retrouver mon fils. Je sors alors le tipi de Lilly du coffre et remonte la pente entre les arbres. À mi-chemin, un vague mouvement, soudain et silencieux, agite l'air : c'est un petit duc à face blanche qui passe juste au-dessus de ma tête et disparaît en un clin d'œil, mais son image rémanente se forme presque immédiatement, comme à partir d'un négatif à ranger dans la chambre noire de la mémoire. Imprimée avec des filaments produits par le soleil déclinant.

En plantant un tipi d'enfant en haut de la colline, sous les ailes, je pourrais me dire que je le fais dans le but de montrer les proportions, ou pour que ce souvenir de ma famille reçoive la bénédiction de ce lieu sacré, mais alors que je le déplie et le plante fermement, que je regarde les poneys peints, les lunes et les étoiles, je ne peux expliquer mon geste. Si bien que quand je redescends la pente et prends la photo, cela m'apparaît comme un mystère, et il me vient à l'esprit que ce mystère est tout ce qu'il reste.

Tout est fait à présent, je peux m'abriter sous ces ailes et toucher les pieds de l'Ange, sentir ses fondations, les piliers de béton qui l'ancrent dans la terre, tandis que les ailes qui ne battent pas, quelle que soit la force du vent, semblent pointer vers l'avenir. Puis je fais une chose que je n'ai pas faite depuis l'enfance, je dis une prière, une prière secrète parce que j'ai enfin trouvé les mots. Quand elle est terminée, voyant que le soleil a encore baissé, je sais que je dois partir, continuer mon voyage et ramener mon fils à la maison – ce fils auquel je n'apporte aucune sagesse, mais une barre de chocolat donnée par une vieille dame qu'il ne rencontrera jamais, la musique qu'il aime et tous les remèdes et les charmes que sa mère a rassemblés pour le guérir. J'arrive, Luke, et si vraiment Dieu compte les points, qu'il note que je vais poursuivre mon voyage jusqu'à ce que la voix qui m'a conduit ici sans encombre m'annonce *Vous êtes arrivé à destination.* Le monde se refroidit. Je commence à soulever le tipi, mais quelque chose me dit que je dois le laisser là, que c'est ici sa place, et j'espère que Lilly le comprendra, comprendra que son père l'a laissé pour les sans-abri, pour toutes les âmes en quête d'un refuge et, quand le soleil se couchera enfin sur ce monde couvert de neige, pour tous les autres voyageurs, perdus comme lui en territoire inconnu.

Note de l'auteur

Vous pouvez écouter certaines des musiques qui ont accompagné le voyage de Tom à l'adresse suivante : http://spotify.fi/2AmKBko

La photographe Sonya Whitefield a imaginé une réponse personnelle à *Travelling in a Strange Land*, dans laquelle elle mêle images et texte. Ces photos sont visibles sur www.sonyawhitefield.com

CET OUVRAGE A ÉTÉ ACHEVÉ D'IMPRIMER
SUR ROTO-PAGE PAR L'IMPRIMERIE
FLOCH, EN DÉCEMBRE 2021, POUR LE
COMPTE DE LA TABLE RONDE.

ISBN : 979-10-371-0625-4.
Dépôt légal : février 2022.
N° d'édition : 363946.
N° d'impression : 99647.

Imprimé en France.